Ara

Ana Luísa Amaral

ARA

Romance

ILUMINURAS

Copyright © 2014
Ana Luísa Amaral e Porto Editora S.A.

Copyright © 2016 desta edição
Editora Iluminuras Ltda.

Capa
Eder Cardoso / Iluminuras
sobre *Ilusão à toa* [2013], 160 X 90 cm, betume, carvão e acrílica
s/ tela, de Eduardo Climachauska. Cortesia do artista.
(As cores da obra foram modificadas digitalmente)

Ilustrações
página 3
Ilusão à toa II [2013], 160 X 90 cm, betume, carvão e
acrílica s/ tela, de Eduardo Climachauska.
página 6
Ilusão à toa [2013], 210 X 160 cm, betume, carvão e
acrílica s/ tela, de Eduardo Climachauska.

Revisão
Jane Pessoa

CIP-BRASIL. CATALOGAÇÃO NA PUBLICAÇÃO
SINDICATO NACIONAL DOS EDITORES DE LIVROS, RJ

A513a

Amaral, Ana Luísa, 1956-
Ara / Ana Luísa Amaral. - 1. ed. - São Paulo : Iluminuras, 2016.
80 p. : il. ; 23 cm.

ISBN 978-85-7321-497-0

1. Literatura portuguesa. I. Título.

16-32022   CDD: 869.1
                 CDU: 821.134.3-1

2016
EDITORA ILUMINURAS LTDA.
Rua Inácio Pereira da Rocha, 389
05432-011 - São Paulo - SP - Brasil
Tel. / Fax: 55 11 3031-6161
iluminuras@iluminuras.com.br
www.iluminuras.com.br

ÍNDICE

Antes do resto, 9
Japoneiras e túneis, 11
Depois do resto, 15
Espadas e alguns murmúrios, 17
Discrepâncias (a duas vozes), 21
A odisseia, 29
Fragmentos (ou entre dois rios e muitas noites), 33
Irmãs, 43
    Memórias, 45
    Prólogo, 47
    Epílogo, 51
Coisas de rasgar, 57
Em nova voz de gente, 63
Ou seja, ara, 71

Ara ou o desassossego da poesia, 73
    Maria Irene Ramalho
Sobre a autora, 79

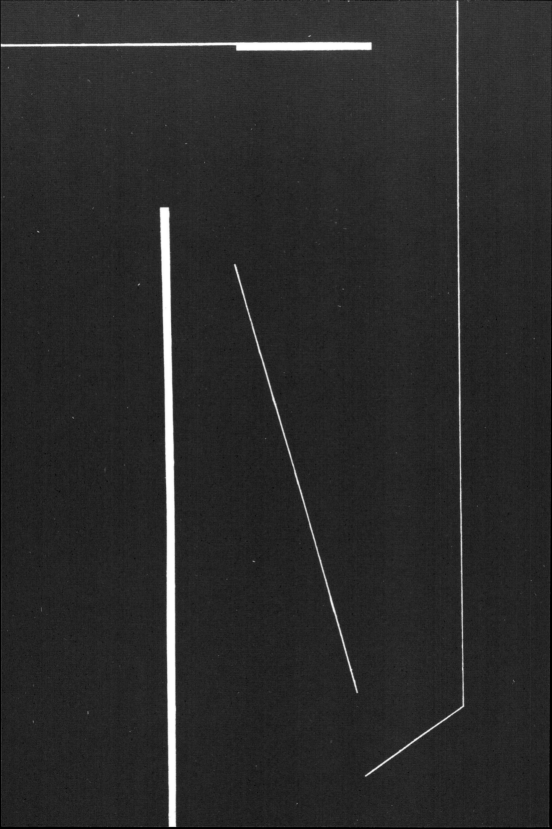

De suave e aérea a hora era uma ara onde orar.
Fernando Pessoa
Livro do desassossego

ANTES DO RESTO

1. Mas as coisas não giram ao nosso compasso. Eu não sou romancista. Se fosse romancista, dividia-me em nomes de ficção — e disso não sou capaz. A própria ideia de fazer uma história aterroriza-me. Tal como de lá pôr, por inerência, pessoas a dissertar sobre o que as rodeia, a debater estados de espírito. Tudo isso devendo ainda (para meu maior terror) pressupor tempos diferentes, espaços diferentes (ao menos os de dentro): a densidade de uma personagem, sendo capaz de a conceber, assusta-me, se imagino propô-la no papel.

2. É se calhar a disponibilidade para com os outros que eu não consigo: estar sempre atenta aos ruídos dos outros, os seus barulhos, as suas músicas. Centrada nos meus ruídos e em alguns descompassos, só sou capaz de falar em poema (que é, além disso, mais cômodo, menos incomodativo, porque demora menos tempo, mesmo quando demora muito tempo a trabalhar). Um desses dias, afogo-me em papel. O que estranho é não ficar aterrada pela ideia, antes sentir por ela alguma ternura. E quanto mais amada, menos eu, mais as minhas mentiras, que ainda assim nem sempre rimo.

3. É talvez por isso que nessas tentativas de narrar me saem, desgarrados, versos. Não é justificação nenhuma, não surge de nenhum esforço, nem é fruto de desejos de diferença. Mas é de qualquer forma um conforto explicado: tomara eu que os túneis fossem verdadeiro local de ação, que as japoneiras surgissem, ao menos uma vez, embrulhadas em ramos nas mãos de uma personagem, que os trens fossem pontes de encontro para chegadas e despedidas apaixonadas, que o divã tivesse o que normalmente têm os divãs nos romances e nos contos a sério.

4. Estas questões debato em alguns destes textos. Assim os chamo, não me satisfazendo a ideia de lhes apor categorias; por outro lado, chamá-los assim é categorizar também, de certa forma. Mas sejam textos, sem serem contos, nem ensaios, nem versos, exatamente: que mais os poderia chamar? Quem quiser, pode também dizê-los só palavras: sem direito sequer a influências cheias, não sei de melhor nome.

JAPONEIRAS E TÚNEIS

Mas era mesmo assim, o seguir de trem o curso desse rio. Brilhante lençol de água e o trem afagando-lhe as margens. A imagem repetiu-a por dentro. Não que tivesse grande força simbólica, originalidade descritiva, mas viu de fato

>   as rodas em afago
>   mãos circulares, urgentes
>   sobre as ervas e as inusitadas
>   japoneiras.

Momentos em que, da janela do trem, não fora o compasso dos trilhos, era como navegar, caminhar sobre as águas rio abaixo.

Abençoou essas segundas-feiras e o repetir sozinha essa viagem. Uma casa sozinha entre penedos, o rio mais lá ao fundo, agora um outro corpo e os dedos circulares dele distante. Um dia tinha-lhe o paladar de uma semana. Era tão longo o tempo de viagem, tão despropositado da distância, tão antieuropeu, que chegar à estação ao fim da tarde não dizia de um dia de viagem.

>   Ou então um olhar
>   que muito se perdia
>   pelo rio.

As coisas eram tantas e viver no trem era vida de fato mental. Sem ninguém a seu lado, utensílios só seus sobre os assentos. Lápis, papel, os olhos sobre o rio e às vezes esses túneis. Tão sedutores, simbólicos de vida, a fazer desejar divagações da psique, que do rio não sabiam e de túneis só histórias de divã.

Mas pelos túneis, o cântico de rodas era outro. Mais duro e ecoando ressonâncias. O negro das paredes, a escuridão falhando contra a luz do trem — e se falha motor, ou gerador (ou isso que o anima), ficar dentro do túnel, sem nascer outra vez. O medo renascia, pequeno pensamento sobre a morte era então acolhido com carinho, é que se morro aqui, a falta de ar, mas também o morrer dentro do escuro.

   Eram coisas narcísicas
   da mente.

 E a vida lá ao fundo do tempo que faltava, a vida na estação ao fundo da viagem? Voltar a casa, entre outras casas coletivas e brandas. Uma curta família. Mas o túnel vencia. Às vezes não, e, quando derrotados, os túneis apoderam-se de tudo, inimigos da luz. E só lembram por dentro a falta de ar, asfixias de tudo. Sem coragem fica-se então para enfrentar o túnel. Lugar ambivalente de paisagens.
 Era assim a viagem. Revisitar olhares e lugares paralelos, que me parece já ter estado aqui, sei que não estive, mas este lugar

   agora já sem rio e três meninas
   voltando da escola. Nas mãos (ainda planas,
   que a aprendizagem de serem circulares,
   as rodas ou os dedos em afago,
   pelo tempo se faz) caixilhos de madeira
   delimitando estopa com bordados.

 Trabalhos escolares e conversa inaudível da janela fechada. Sei que não estive, mas me parece já ter estado aqui. Entre uma dessas três, talvez o tema seja a escola, a minha infância sem estopa nem bordados (o tempo que eu levava

   a fazer uma flor
   a ponto cruz cheio! guardada
   na gaveta uma toalha
   em lugares amarela de lavores, louvores
   inexistentes, que nem ficou a meio
   essa toalha), a minha infância sem estopa
   nem bordados, nem fuso onde picar o dedo
   e ser ressuscitada para ti.

>   Ficaram as meninas lá ao fundo,
>   versão anos oitenta se calhar
>   das da Nau Catrineta,
>   que pelos vistos até nem tinha muito
>   que contar.

E outra vez o túnel desbravando, pinheiros à saída, dentro do trem barulho de moedas. Algum Judas se esconde atrás de mim. E repetiu por dentro, o rio abandonado pelas rodas, carícia circular. Assim nos fez esse papão da psique, Segismundo adumbrado século e tal atrás: porque afinal

>   pela escassa hora meia que faltava,
>   numa estação quase a lembrar cidade,
>   reconheceu botânico pecado: não eram japoneiras
>   o que ela vira inusitadas
>   algum rio atrás, mas rosas,
>   e vermelhas -

DEPOIS DO RESTO

Serenamente, alguma coisa lembro. Japoneiras e túneis só ideário imaginado; o mesmo se passando com trens e divãs. E todavia, esses quatro polos tão dispersos bem podiam ter sido pontos cardeais de história a sério.

1. Suponhamos um túnel (de passagem), o nascimento a acontecer, solene, o milagre das flores. Japoneiras — aí podia ser. O trem traria a segurança de quem de longe vem para a visitação. Japoneiras nas mãos, afinal pequenas rosas a emoldurar olhos, riso, corpo. Japoneiras ou rosas, dependia do rosto que as trouxesse ou dos que as recebesse no olhar. Quanto ao divã, está visto a função dele nesse possível esquema narrativo.
Essa ação decorrendo ao fim da tarde, o sol a amaciar.

2. Ou suponhamos antes que as rosas eram rosas trazidas do Japão. Por hiato verbal, dormindo no divã: a personagem. No seu sonho formando-se a palavra nova, coincidente com entrada antiga e nomeada: japoneira, a que vem do Japão, a flor de lá. Sendo assim, Norte e Sul do mapa narrativo preenchidos. Depois, ainda em sonho, o trem representando o espaço de evasão. Trazidas do Japão, chegam de trem — e em lógica caótica de sonho, a personagem navegando em túnel, por debaixo do mar.
A ação era de noite, a direção de Leste para Oeste, e a luz com que os seus olhos viam flores só possível no sonho. E pelos peixes de escamas brilhantes que haviam descoberto a entrada secreta do túnel sob o mar.

3. Ou então o divã em vez de cama. Dessa vez, tudo em vez: trem em vez de carruagem; túnel em vez de poço; japoneiras em vez de lua cheia. E troquemos as vezes dos supostos. A ser assim, a linha narrativa: um padrão novo.

A ação, de madrugada e no século passado, uma carruagem a murmurar, as rodas mal audíveis na madrugada branda, e lá dentro é um poço de desejo: a lua cheia de grandes sortilégios para quem habitava aquela carruagem, agora em vez de cama, a sedução de ser uma carruagem, e as rodas, a cama escorraçada do desejo. O que há então é carruagem e rodas, lua dentro da carruagem. E o céu: um poço a clarear já de manhã.

4. Suponhamos finalmente o resto: o meio-dia a chegar e o sol negando a luz que anima o resto. O trem, trem de verdade, atravessando um túnel de verdade, dentro da rocha feito, a viagem no fim e, no compartimento do trem, recolhidas as coisas do pequeno divã. Mala de mão, um livro, utensílios dispersos.

A viagem no fim. Restam as japoneiras, que se veem vermelhas ao meio-dia, meio caminho entre rosas — ou outra flor qualquer —

ESPADAS E ALGUNS MURMÚRIOS

As poucas vezes que te permito a entrada são vezes de fascínio e penitência. Abrir-te a porta, a alegria dorida da chegada, no mesmo instante arrepender-me do meu gesto, da minha cordialidade. O resto dessas vezes é quando chega a pergunta inevitável: o porquê de te ter permitido. Afasto-a, se consigo, mas quando não consigo, os ventos que a limitam não são zéfiros. A pergunta forma-se a partir de tornados a tomar-me, e o que me custa mais (mais repetido) é sempre a mesmo rosto, o mesmo olhar por fora — o ficado por ver: rompido, amachucado, milionésimas partes de mim mesma. As poucas vezes que te permito são vezes frágeis, são vezes de papel.

É todavia nessas alturas que mais me crio um espaço. Deixo-te entrar juntamente com música no corpo e nos ouvidos, olhando sem olhar coisas sem tempo. Milionésimas partes de ti que trago sempre hibernadas, acordo-as nessa altura. Junto-as com um cuidado de ourives, um cuidado de mãe colecionando memórias. É só depois que posso permitir-te: quando o teu riso inteiro, o corpo inteiro, algum pequeno pormenor de braço ou fala passa a fazer sentido por estar na totalidade. Milionésimas partes reunidas todas na partitura.

O mais fugaz e duro é que ao criar-me o espaço e permitir-te equivalem-se em dorida alegria. Se tudo fosse só êxtase súbito, o papel intocável e intacto, como o meu espaço e tu entrando devagar, as portas que te abri abrindo para a luz. Se tudo fosse só papel de prendas, laços e colorido, a festa do meu espaço e de ti no meu espaço, as coisas consonantes.

(Interrogo-me às vezes se essas vezes assim decorrem por serem resultado de uma ideia: inenarrável em verso, em narrativa limitada e pobre).

>   mais que os teus braços, gostava de ter feito
>   coisa séria sobre eles e os outros, fazer nascer
>   uma história infalível, verossímil —, em que ao

> menos o ter tido os teus braços me servisse de apoio para o texto. e dar-te um nome, dar-me um nome, rebatizar as gentes das paisagens, reconverter a vida em mais que sonho, em mais que visão minha quando, naquele estado de semivigília, vendo-te à minha frente, às paisagens de dentro dou outra vez o nome que tinham no real.

Mas do necessário nada sabia. E se o verso se molda até onde se quer, se o verso pode ser tanto montanha como campo lavrado, ou montra de cidade, assim não é a história. Que se não alimenta sem algumas linhas de vida, ao menos o sangue necessário, pode não ser para o corpo inteiro mas para os braços, ou para a cabeça e ele depois circulará sozinho e livre pelo resto do corpo. Assim não é a história como a vida.

> mais que os teus braços, queria redescrever o sentimento, pôr uma casa ali no sentimento e povoá-la com fantasmas narrados. quem me lesse pensando que de imaginação seria eu rica, e de talento para fazer histórias sobre braços sonhados. uma história que fosse realmente, arrancá-la da vida a pouco e pouco e depois, com a história, criar-te novamente e aos teus braços. Sem este tom solene em confissão, sem resguardos de folhas.

Do verso podia até dizer que no seu corpo navegara e as sementeiras dos seus olhos, isto em imagens que não fossem gastas como essas (que eram-lhe só exemplo mental da voz sem ser ouvida). Do verso podia dizer isso tudo e ir buscar indefinidos ao definido que qualquer gente sabe por ouvir. E fazer coisa sólida: sem precisar da verdade da navegação ou da semente a crescer até flor e mercado de cidade. Mas a história não é assim como o verso. Não se recata em bolsas de sentido que se basta a si mesmo, precisa de comércios com a vida a sério e só depois pode ser uma história, pequena narrativa desaguada, aluvião depois e os campos férteis. O que sabia não servia de história, só murmúrio alteado pela noite.

esquecendo um dia os braços, procurei dar-te um nome, inventei nome falso mas real de ficção, cheguei mesmo à loucura (desabrida) do esquema para a história. estava tudo no esquema, o central é que não. e rasguei esquema e nome, que tu não respondias ao nome que inventara para ti. e como um sino falso de metal quebrado eram os nomes que sucessivamente te fui dando.

Não sou capaz de mais: não eras tu, mas eu que não te achava na confusão de tanto nomear. e o teu nome ficou, as tuas mãos, os braços verdadeiros, condenados a folhas de resguardo: pendentes sobre mim como duas espadas. Como duas tendências de voar

DISCREPÂNCIAS (A DUAS VOZES)

Voz 1 Não sei exatamente como começar. Podia dizer assim: quando entrei na casa pela primeira vez, a porta de entrada abrindo na cozinha; o meu espanto por, entre o funcional que a preenchia, um quadro na parede. Podia começar por esse espanto: quantas pessoas se lembrariam de pendurar um quadro na cozinha? As suas cores oscilando, fortes, um ser humano em posição fetal. Ou dormindo. O repouso. A paz. Entre uma torradeira mais abaixo e um armário ao lado, de madeira.
    Podia, realmente, começar por aí. As coisas sóbrias, belas. Mas em tudo o dissonante, um pouco. Um televisor que não se ligava, uma enxada minúscula, trabalho artesanal, sobre uma mesa baixa. Hábitos. E o que espantava era, de entre essa certeza de hábitos, haver sempre a certeza de uma nota diferente. Um livro de poemas brilhando entre o hábito certo de outros livros. A começar pelo quadro, podia dizer assim.

Voz 2 E a personagem? O elemento humano? É interessante começar assim. Mas bastaria o quadro na cozinha. Depois disso, a memória alimenta-se de gente: quem lá vivia, como era, o seu nome (inventado, claro). Descreve. Concentra a narrativa nesse corpo. Fá-lo entrar na cozinha, passar à sala onde as cadeiras lembravam Camelot, deter-se no espelho grande, bem urdido nesse canto, atravessar a ausência de portas.
    Veste por dentro a personagem. E esquece a dissonância.

Voz 1 Não posso. Na dissonância começa a minha história: não disse eu "não sei exatamente como começar"? Vestir por dentro o que já está vestido dentro e fora é inútil trabalho. Não posso falar do que não recordo.
    Mas como sabes tu das cadeiras lembrando Camelot? Do espelho grande? Que não havia portas? Não foi assim que eu comecei: na minha primeira fala, não dizia nada de lendas nem de espelho nem de cadeiras.

Voz 2 Eu também lá estive. Embora me seja dado estatuto secundário de Voz 2, também lá estive. E a escrita é assim mesmo: o que tu sabes, eu sei também. O que não sabes, se me apetecer, invento-o. Não te espante, pois (pelo menos tanto quanto o quadro na cozinha te espantou), que eu de repente comece a inventar. Se a tua função não for cumprida como deve ser (vestir a personagem, esquecer a dissonância) não te espantes a minha invenção: contrabalanço do que tu não sabes, ou não queres, dizer.

Voz 1 Ainda assim: é meu o direito. Fui eu, a quem foi dado estatuto de voz primeira, quem corajosamente começou — e teve a coragem de começar, duvidando. Vê a primeira linha. A própria hesitação na minha voz. A cozinha (e o seu quadro) foi motivo de júbilo para mim e por isso me servi dela para a primeira emenda de memória. Não posso descrever assim.

Se quiseres, falo de olhos azuis. A cor dos olhos. Mas divago... Direi que também o azul me espantou, tanto ou mais do que o quadro. Se me permites (e correndo ainda o risco de perigar a precisão) acrescento que o azul é cor que sempre me espantou em demasia. De maneira que os seus olhos, e o quadro com gente lá dormindo, foi o espanto a nascer.

Voz 2 Eu não quero objetividade. Quando falo em personagem, em vestir personagem, que fique claro não ser objetividade o que desejo. Mas nem divagação, nem dissonância. Conta: onde se incrustavam esses olhos, a forma do nariz, o cabelo, as orelhas, a voz, as mãos. Veste-a de voz, à personagem. Tu, a quem ta ofereceram, primeira, empresta-lhe voz própria.

Fala daquela vez em que o mundo era grande e o amanhecer maior. Enquadra nessas horas (quase seis) o azul dos seus olhos, a ternura com que te mostrou o céu rosado, a árvore castanha, quase negra, em frente da janela.

Ou fala dessa noite de luar. Estrelas como lanternas fixas e derradeiras no horizonte todo. De como, mesmo a cabeça voltada até a dor, elas lá estavam, fixas e derradeiras. Se quiseres, do teu espanto da noite de luar.

Inventa, mas não manches a verdade. A verdade está sempre por dentro da cabeça, percorre coração, músculos, pele — e o que é o real?

Voz 1 Como eu adivinhava que sabias! O azul dos seus olhos...

Voz 2 Eu disse que sabia o que sabias. Que, por ser voz segunda possuo o privilégio de inventar o que ignoras.

Voz 1 ...a árvore castanha, quase negra, em frente da janela. Não posso retrair-me ao espaço da memória. Essa vez pode ser: a da manhã, das horas (quase seis). Foi um pequeno desligar das coisas — e vínculos demais. Como eu dormia, nessa hora branda, e de como senti a sua mão, nesse escasso momento em que sono e vigília se divide. O azul dos seus olhos sobre os meus. A mudança de cama, que o leste era invisível do meu lado. O céu rosado.

Voz 2 Fala do céu rosado.

Voz 1 Pequeníssimas nuvens a detê-lo, ao rosa desse céu. Mas bebendo-lhe a cor, os ramos dessa árvore, castanha, quase negra, tingida a pouco e pouco: luz em metamorfose. A cor ficou mais forte, e a minha voz falhou. E do silêncio veio a sua mão. Do silêncio, os seus lábios, devagar...
    Não faz mal que atropele assim as coisas? É que quadro e manhã são de dois mundos, de dois tempos diferentes. O que os liga é o espanto. A dissonância.

Voz 2 Que mal pode existir? Não fales de memórias: deixa datas, larga-as, que te limitam a verdade de voz primeira. Mas esquece também o dissonante.
    A personagem. Preenche-a, à personagem.

Voz 1 Não posso. Do dissonante não falamos já? Não te disse já que não consigo? Para ligar quadro e manhã, preciso dele; tanto como do espanto. Para ligar quadro e manhã. E noite de luar.
    Falarei das estrelas. Desse céu imenso e desvelado. De como a água em frente era de estrelas. Do seu corpo deslizando ao encontro do meu. Da sua mão voando lentamente entre o meu ombro e o céu por cima. E de como, voando, pousou sobre o meu ombro, leve junto ao ouvido.
    Como disseste, a cabeça voltada até a dor, e elas permaneciam, fixas e derradeiras, as estrelas. Mas bastou-me voltar o

rosto um pouco para o seu rosto em brilho. E não havia dor nesse voltar. A noite de luar não teve lábios, mas foi feita de estrelas e de espanto, de dissonâncias claras sobre a água. O fim para o princípio do amor.

Voz 2 Mas e a personagem? Falaste só de cor e brilho. Mas não chega o azul do seu olhar, o brilho do seu rosto: é pouca coisa para a preencher — e o seu rosto em brilho decerto irradiava das estrelas. A elas o deveu. O que te deixa só com rosto (e há tantos rostos!) e uma cor de olhar que inunda tantos olhos!

Voz 1 Mas o seu rosto em brilho não provinha da luz em céu e água. O brilho era de dentro, nascera, no princípio, de quadros em paredes de cozinha, da escolha dissonante e carinhosa de compor bibelôs, ou de comprar cadeiras como aquelas. O brilho era de dentro — o seu rosto brilhava já na primeira vez que atravessei a porta.

Confessarei que, então, sob as estrelas, na noite de luar, o brilho era outro brilho. Mas existia já e fez parte do espanto que eu sentira. Um novo brilho agora, nessa noite: o que finalizava o início do amor.

Mas, se quiseres, direi também: um lago. Ou pormenores: os seus dedos rosados, de unhas um pouco ovais, no meu joelho. Como trazia livros e papéis e de outra noite até de madrugada. Falar até ao fundo dessa noite. O café que se fez, o céu a clarear, a tontura do sono e de outras coisas: ternuras que direi uma vez mais (a minha mão explorada, quase certa, os meus dedos beijados, um a um, ao redor dos seus lábios). Usarmos as palavras, até elas cansadas: uma febre ligeira nas palavras.

E por fim o silêncio. Se sabes o que eu sei, sabes também como ele foi sagrado, sabes que eram sagrados os espaços sem fala. — Tocados levemente, como ao de leve os dedos se tocavam. No princípio de tudo. E cada vez mais fortes se tocavam. Posso falar do toque?

Voz 2 Se não o prolongares demasiado...

Voz 1 A princípio era a fome de ternura que os seus lábios varreram. Braços que me embalaram. Como berços. Esse toque era igual: fiel de estar. Depois, foi esta noite que já disse, a minha mão explorada, quase certa, o quase ou o de-mais já instalado. Toque do dissonante a irromper.

Depois, foram as folhas tão brilhantes. Outras coisas diferentes. Depois, as cores que avivavam paisagens e palavras. A sua voz tão quente. O falarmos de tudo sobre a terra: paisagens e futuro, poemas e cadeiras, nada. Tudo. A sua voz tão paralela à minha. Sem domínios nenhuns. Não era sobre a minha a sua voz. Não me sobrava nem estava de menos. Era quente.

De tantas coisas poderia falar. De tantas discrepâncias. De dissonâncias feitas de castanho: um móvel grande e escuro, cheio de papel de carta e livros de arte, um frasco grande, repleto de canetas e de lápis. Todos de várias cores. Com tampa de rodar. Um frasco grande, que me recordou, adejado que foi pelos meus olhos, frascos da minha infância.

Na mercearia da aldeia onde passava férias, frascos iguais, meios (ou mais) de rebuçados baratos e castanhos. Passaram-me na vida, esses pequenos rebuçados, como tardes de Verão. Embrulhadas em papel que se colava aos dedos e custava a tirar. Muitos doces e a poeira castanha das estradas.

Entende a dissonância do encontro tão tarde com idênticos frascos. Compreende o meu espanto, a minha maravilha e recuar no tempo. Novamente no Verão. Novamente na doçura das coisas.

Ou da arca, uma caixa castanha de Pandora de onde saía o todo mais exótico. Gorros e pequeníssimas matérias que quase se quebravam ao olhar. As suas mãos emergindo da caixa de Pandora, como de águas. E cada gesto um novo sonho a mais, um novo respirar pelas palavras: as memórias que soube de memórias, agora, por virtude do amor, já quase minhas; daquilo que falavam aquelas pequeníssimas matérias.

As cores feitas de espanto. Ou ver gaivotas. Pela primeira vez, o ser feliz. E se pudesse em espaço preencher esse estado, não sei o que diria:

Voz 2 ... Mas é esse o caminho. Prolonga a descrição do sentimento...

Voz 1 Compará-lo talvez a raríssimos êxtases de uma tarde de verão, o poder ver o céu, a bênção do olhar. Mas fugazes, como também raríssimos: enquanto aqui, o estado prolongado. Ser feliz pela primeira vez por mais do que um instante.

E porque o corpo é instrumento nosso, o que temos mais fundo, era pelo meu corpo que ser feliz se via: por quase me deitar no assento do carro, quando o carro rolava e as árvores voavam a meu lado. Ser feliz pelos olhos que fechava de espanto: por dentro, era esse quadro novamente (o da cozinha) e quadros de paisagem, e quadros do seu corpo, na mão que me estendia. Sobre o assento, a mão fazia também parte do meu espanto, que nele: o dissonante. Fazia também parte do amor.

Voz 2 Eram dedos levíssimos a esvoaçar naquele espaço exíguo, dedos que mal tremiam. A princípio, um só toque, convite para o corpo a comover-se: uma amostra de luz, festa de cores, uma casa com jardim diferente, diversa arquitetura. A princípio, um só toque, em leito indefinido (braço ou joelho), apontando as raízes para o espanto. Um tempo mais depois, dedos que mal tremiam. Na sua arquitetura comovida, esses dedos ergueram catedrais de comoção. Não era só, nem já, lugar indefinido o leito do seu toque: era a mão que pousava à mercê do que fosse. Esses dedos ousaram essa mão, que se atreveu também. Nos dedos que tremiam, convite para o corpo a comover-se: festa de cor por dentro, um reino novo, repleto de jardins. Sobre assento, mãos dadas finalmente...

Voz 1 Finalmente. Até que, finalmente, o seu corpo deitado junto ao meu. Até que, finalmente, o porto calmo. As portas que se abriram e uma alegria inteira. A consonância pelo dissonante e o ser mais que feliz. Ter casa minha. A caixa de Pandora mais que multiplicada na surpresa, uma manhã cinzenta de mais sol. Finalmente ter vida novamente, e ser mais que feliz pela primeira vez: vontade de cantar até ao desespero, de usar imagens como Salomão — mas dissonante. Cântico mais que canto. Finalmente.

Voz 2 Finalmente. Terminou o disfarce. Disse-te que criasses personagem, que a vestisses por dentro. A resposta foi pouca. Respondeste: não posso. Pedi-te que lhe desses roupa em forma de voz, adverti do perigo de lhe fingires o corpo. Como estratégia última, ameacei-te com a invenção: não te espantaste que eu assim fizesse.

Mas não pude. Subtraí-la ao espaço da memória não pudemos: nem tu, a voz primeira, nem eu, voz secundária, mas com estatuto igual, espécie de coro ao que não foi tragédia, mas romance. Dissonância de gêneros. Obriguei-me também (mas já não quero) a ordenar que pusesses de lado o dissonante, ao menos que o esquecesses. Ao longo das palavras que criamos, tentei sempre cumprir essa função de alerta: que o dissonante seja forma ausente.

Venceu o dissonante. Já não posso (nem quero) obrigar-te a fingir o que não deves, dizer o que não sou. Terminou o disfarce. E eu: que também lá estive, que sei o que tu sabes. O que antes pesadelo, um novo paraíso a anunciar-se. O seu nome: maior, que não podia ser nome qualquer, já que foi seu o centro do amor. Feito de dissonâncias, de palavras, de corpos e de estrelas. A sedução, árvore do Saber, mas fruto ausente.

Deixa que venham anjos, deixa que caiam espadas. Mas termina o disfarce e enche de palavras com sentido o que se fez amor. O paraíso abriu-se e ela lá está. O quadro dissonante, a raiz do teu espanto a transformar-se, a arca verdadeira, a minúscula enxada, as cadeiras lembrando Camelot — tudo o que é necessário para começar história. E ela lá está. Como sombra chinesa, o seu corpo projeta-se no espaço, entre papel, caneta, o teu amor, e a discrepância que as duas cantamos: tu, voz primeira e eu, voz secundária, mas igual a ti. Mais que sombra chinesa: ela é real.

Recorda o que quiseres. Canta montanhas, canta o seu corpo, agora sem fingir. Que dilúvios se instalem e relâmpagos encham de temor as letras recriadas. Um novo paraíso. Oferece-lhe palavras (as mais belas), rodeia-lhe a cintura de frases mais brilhantes que constelações, e nos seus olhos deposita imagens: as melhores.

Sem esqueceres o decoro da palavra no indecoro do que vais ouvir, cria nova inocência no antigo saber de corpos que se dão e no prazer da escrita que és capaz. Deixa que venham anjos, deixa que caiam espadas. Mas termina o disfarce e enche de palavras com sentido o que se fez (o que se faz) amor.

Que se comece a história em nova voz de gente.

Voz 1 E eu sei exatamente como começar.

A ODISSEIA

Era uma carta retangular, quase branca, não fora as letras quase desenhadas, o carimbo quase uma obra de arte. E o selo. O seu destino de carta marcara-a desde a fábrica até a loja onde estivera à venda. Entre tantas completamente brancas, havia sido ela a eleita, a deusa — a quase flecha. Quem assim a comprara, não pensara em momentos de eleição, mas ela, sim: quando o dono da loja a tirou do monte entre envelopes e folhas brancas, quando mãos desconhecidas lhe pegaram, num começo de amigas, o seu coração branco, dividido entre invólucro e matéria envolvida, revolveu-se um pouco. E assim ela foi mítico resultado do triângulo amoroso entre envelope, folhas e a mão que segurava na caneta.

Só assim o seu destino de carta, marcado desde a fábrica onde nascera, se começou a preencher. Paixão ou amor à primeira vista, o romance foi se fazendo à medida que a mão compunha as letras; a metade da carta (a parte que eram folhas de papel) nem se mexia do prazer que lhe davam as palavras que a mão ia inventando. E do toque macio da outra mão que a mantinha segura sobre a mesa.

Primeiro fora a data: um dia largo com dois números, Inverno e a convenção do ano ocidental. Então a mão deixara-a, durante um certo espaço, branca. Esse bocado em branco era jardim onde flores invisíveis se alteavam, dando lugar ao nome, repetido por fora da outra parte que compunha a carta. Aqui, depois do nome, depois do espaço em branco, a mão parara. Ficara-se quieta pelo pulso, dedos a embalar a caneta, o silêncio. E a carta disfarçando-se de morta, respiração suspensa a esperar coisas.

O que depois aconteceu foi um dilúvio quase: traços a negro como gotas de chuva em vendaval, a folha devastada de tantas coisas em compasso de espera: pequenas confidências, entrelinhas de amor entre nomes de livros, momentos de carinho. O que depois a acontecer, ela nem conseguira recordar mais tarde, empurrada na caixa por dezenas de cartas. Mas nessa altura, já a flecha quase flecha a sério. Já ela a meio, a metade de si que se envolvera no romance a três.

A mão continuava, dessa vez mais serena a lembrar coisas, a tentar convertê-las sobre negro. E finalmente a carta a adivinhar o começo do primeiro fim. Fora porque a pressão da mão se amaciara, fora porque de branco em si já pouco era, ou a respiração de quem detinha a mão só um murmúrio. De qualquer forma, ela sentiu chegar o fim da escrita. Despedidas de si e da caneta, despedidas da mão sobre o primeiro nome que nascera do branco. Que depois: curtíssimo retângulo vazio, e outro nome a surgir, repetido por fora, na outra parte que compunha a carta.

Quase caiu da mesa, de cansada. Mas a mão que a susteve, segurou-a no ar. O que então viu ao nível do seu corpo pelo meio foram os olhos de quem governava mão, caneta e a ela.

Alguma coisa ardeu no preciso momento em que os olhos pousaram no papel. Mais que o papel de luz, olhos brilhando no espaço vigilante entre papel e noite. Duas vezes ou três foi reposta na mesa para o convencimento da palavra. Duas vezes ou três se sentiu mais perfeita. E após essas três ou duas vezes, foi dobrada uma vez e outra vez, e envolvida na outra metade.

Por fora, que ela já o sabia, agora que era carta inteira, e não uma mais uma: os nomes repetidos aos de dentro, mas mais longos, outra parte do nome a escorregar. Lugares, números, traços e, no dia seguinte, o carimbo quase uma obra de arte, o selo a deslocar a simetria.

Foram dias de espera entre caixas e gente, barulho de motores e novas ruas. Espreitava, curiosa, a diferença da loja onde vivera, da fábrica onde vira, pela primeira vez, a luz. Num ruído macio, foi cair entre irmãs, mas tão diferentes: cartas de banco, um postal do estrangeiro, um anúncio de roupas de criança, epígono de si.

As mãos que lhe pegaram eram outras, e nuas entre os dedos. Admirou-se do toque tão diverso, da falta de caneta: durante a vida, o seu destino todo concebera-o assim: ela, caneta e mão. Mas estas mãos eram despidas, pesando-a levemente, avaliando-lhe o sabor por dentro. Foi deixada num bolso a descansar.

Desde manhã até ao fim da tarde, era o pano macio a envolvê-la toda, a quase escuridão. De vez em quando, o sentir-se acordada por aquelas mãos nuas, sopesada de novo; pressentia o desejo junto à polpa dos dedos dessas mãos, via a luz por instantes. E fingia-se morta pelo prazer do novo jogo, aprendido num dia. Até que ao fim da tarde, depois de transportada por espaços pressentidos meio em sonho, soube a última etapa do caminho. Quase flecha, por fim, ou quase deusa: aquela que chegava, anunciando.

Foram dedos rompendo-a devagar, a metade de fora pousada devagar por mão diferente, prestes a ser amiga. E outra vez o prazer ao sentir outros olhos tão diferentes. Agora, a mão despida e uma nova paixão se insinuou: vértice do romance que era mão e caneta foi esquecido e, em seu lugar, os olhos — o terceiro pilar desse romance.

A leitura era branda, mais passiva que o ato de escrever. Talvez por isso eram estas mãos nuas, pensou ela: porque não precisavam de falar. Por isso eram os olhos mais precisos, um verdadeiro fresco junto à última curva do caminho. Eram uns olhos brandos, como branda a leitura: centro em lugar de canto da paisagem.

Alguma coisa ardeu no exato momento em que os olhos corriam no papel: como os outros, cintilando no espaço vigilante entre papel e noite a irromper. Que a tarde já no fim quando as leituras chegaram ao seu termo e ela foi posta, enfim, a descansar. Retangular, deitada na gaveta, lembrou ainda, entre vigília e sono, fábrica e loja, locais de parto e vida, e por entre fragmentos de memória, de todo misturados, dois olhares, mãos diferentes, quase uma obra de arte o carimbo — ou o selo?

Qualquer coisa quebrando simetrias, mas não sabia o quê: mais forte era o cansaço, quase ao lado o amor, e as memórias rompendo-se no sono. Caía a noite e a luz, quando por fim adormeceu.

FRAGMENTOS (OU ENTRE DOIS RIOS E MUITAS NOITES)

O pior de tudo era acordar no meio da noite. Não era a insônia até tarde, que tinha sempre ao mesmo compasso do desejo. Ficar na sala e deixar-se continuar pela noite dentro, depois da meia-noite a começar. Alegres os preparativos: casaco sobre os ombros, os joelhos dobrados no sofá, as folhas brancas — as do chá às vezes, quando a preguiça não vencia demais.

Essa insônia era gentil, diferente da outra, a da noite não madrugada ainda, geralmente depois de um pesadelo. O coração a bater muito, um terror de morrer ali deitada, pequenos ruídos: o vento a lembrar mãos junto à janela, pequenos sapos arranhando caixas de papelão, respirações. Coisas monstruosas e sem tempo. Presa à cama, o quarto às escuras, não conseguia arranjar coragem para se levantar e vir para a sala: o sofá inimigo.

O resto era a insônia maior que a própria insônia: ficar de noite no avesso das coisas. De dia, a nitidez desenhava macias borboletas; mas os sapos de noite, avesso do alado e do difuso claro: unhas sombrias rasgando a caixa de papelão. De um quadrado habitado precisava então. Uma casa quadrada, sem portas nem janelas, nem paredes transparentes: ou só o sólido geométrico onde nada pudesse entrar e ela pudesse estar em segurança entre as quatro paredes, o teto uma quinta parede, tão lisa e tão segura como as outras todas. Dessa insônia maior que a própria insônia não havia desejo nenhum: só um medo de fazer recolher mãos, dedos, pulsos, olhos fechados. Suficiente de imaginar dentro dos olhos um lugar alto, e o medo reproduzido: cair na cama tão pungente como um precipício.

Encontrar um silêncio, o seu lugar na noite até tarde era mais fácil e até possível. Pensar no quarto em contiguidade dava-lhe uma vontade de ser boa. Uma mulher igual, prazeres do elogio familiar, de roupa, de cozinha: uma vontade de ser boa. Ao mesmo tempo, a Cinderela agora repetia-se em conto de bruxas: que fascínio nessa pequena órfã a ser sacrificada, e a recompensa depois, o sapato provado, a frase certa, meu amor és tu, vamos casar, e seremos felizes, o teu pequeno pé calçado de cristal? Que fascínio? A casa adormecida repetia-se em história, e o decrescente tempo uma noite assombrada. Até amanhecer.

Duas linhas de amor, a minha escrita a falhar contra o vento. E na sala a espreitar, fantasma súbito. Real ou tanto, como o que espreita o sono desta sala. A minha escrita não ilude essas formas, não as alteia em conjugações simples: só as repete e sobra: antes de tudo, igual a tudo, quantos fantasmas mais. Não consigo criar. A base dessa jarra parece-me perfeita, sem o ser, de facto: igualmente o meu sonho. Como são rosas o que vejo — às vezes foram rosas, mas não rosas a sério. Uma ocarina trazida de viagem, barata e sólida. O simples toque na ideia finíssima, prestes a quebrar-se. Se olho-o e me detenho depois a contemplá-lo, consigo discernir imagens várias que ganham movimento por esforço de vontade. Chega então o momento de fechar os olhos e retê-las, a essas imagens. A vida que ganharam na cal branca continua por dentro da minha cabeça, e uma maior concentração oferece-lhes palavras. A angústia de criar, mergulhar no passado é a panaceia possível.

Tenho-a à minha frente. Um pouco gasta pelo tempo, não desbotada, que não vai tão longe assim da técnica essa infância. Mas era ainda quando se tiravam fotografias a preto e branco. Em cima de uma rocha, os meus pés e os pés da minha mãe. Calçados de sandálias, os meus, sapatos altos os outros — têm mais a dizer do que outras fotografias de corpo inteiro que estavam dentro da caixa.

O fotógrafo deixou por ver ainda o meu vestido. Era branco e azul, com pequenos favos. Mas o que mais recordo está nessas sandálias: terem sido compradas para o verão, depois das aulas, uma tirinha branca e fivela pequena. Era inglês o fotógrafo. Amigo do meu pai. Vejo-o com um bigode curtinho, o nome a fascinar-me. Ainda hoje me lembro do seu nome. E de uma caldeirada à fragateira comida lá em casa. Já em férias.

Na escola, o vestiário era um corredor escuro e comprido, com pouco mais para recordação a não ser os casacos empilhados no inverno e quase ausência deles quando o tempo começava a aquecer (no Sul, do outro rio, era mais cedo). A sala de aula, onde escrevia ditados: depois vem a geada, a caneta manchando os dedos de tinta, com i depois do gê, ou com jota, a caneta entre os dentes. Quando o erro já tinha sido dado, o ditado ia ao meio, o inverno passara e com ele a geada, e a sua angústia então era escrever degelo.

Da sala de aula lembrava-se da posição do quadro de Portugal, o corpo humano ao lado, cheio de veias e artérias, azul e vermelho, mais à esquerda a mesa da professora, por cima os retratos e no meio a cruz. Jesus entre os ladrões, ria o seu pai, mas o humor era-lhe antigo.

Janelas grandes, a hora de história uma vez por semana, quando a Senhora (era assim que diziam no Sul) resolvia. O mais era o ditado, a aritmética, torneiras pingando gotas em momentos indeléveis, prolongados, a área do seu tanque a encher-se mal ou a transbordar. Reguadas muito poucas, não sabia se porque a escola não era oficial, ou a Dona Rogéria nem sempre se lembrava ou não lhe apetecia. Ou então ela a ler muito melhor que em cálculos, redenção das pérolas de água. Um dia, ao pé da secretária, a sua mãe ao lado, de sapatos altos como costumava, a professora a dizer é tão magrinha, tenho pena de lhe apertar o braço. Pensava com orgulho que era bom ser assim. Mas não cá fora.

No caminho de casa percorrido a pé, havia uma serração. Ela, das mais pequenas, e tímida, não aprendera com irmãos (que não tinha) algumas formas de defesa. A Isabel a ordenar-lhe que escorregasse na tábua mal cortada, a ameaça, crueldades de criança e as suas lágrimas, a tentar não chorar, a conseguir não chorar, mas as pequenas falhas enterradas na carne.

Nunca mais a vira, desde os oito anos, quando viera habitar outro rio, este ao Norte. Soubera mais tarde, já pela adolescência, que tinha casado, contra os pais, com um operário. Era boa na aritmética, a Isabel. Mais tarde do que o outro tarde, soubera-lhe de uma filha e um divórcio. A Isabel e a serração. A Paula e a Graça, por quem chorava tanto quando, ao chegar a estas outras margens, o país ainda dividido em distância e bairrismos, era olhada diferente. E troçada por chamar Minha Senhora à Professora.

Por isso, e outras coisas que nunca soube, atiravam-na ao ar. A Fernanda, mais velha do que as outras, pegava nela e atirava-a, não muito alto, mas se falhava mão... Nunca contara em casa, mas o choro vencia-a, sozinha e de noite. Era o tempo em que o espaço entre esses rios era mais de sete horas de viagem. Por isso revisitar os lugares mais antigos só no Natal e na Páscoa (nem sempre) e sempre nas Férias Grandes.

Riscava no calendário os dias que passavam. Daí a pouco em Julho. Os dias iam caindo, tão lentos como as gotas de água ao Sul da infância; eram dias custosos de atravessar, as manhãs começando pela missa, e o terror da aritmética transformada em matemática. Agora mais abstrata, tanques secos e ausentes.

A partir de certa falta de sono, as coisas surgem com mais nitidez. Algumas, têm até o privilégio de pairar por detrás de lentes. Côncavas ou convexas, e as coisas diminuindo ou aumentando de tamanho, mas sempre nítidas. Queria ser abrangente ao falar delas, dessas pequenas coisas. Não só desses dois rios que me formaram, mas de outros inerentes, embora de rios nem o disfarce tenham: o corpo deitado na cama ao lado de outro corpo, o calor do outro corpo parecendo aconchegante; do outro lado do espelho, o coração, ao mesmo tempo vitorioso e tímido, a desejar muralhas a quebrar-se, o mar visto do alto das ameias; finalmente, o que não é nem coração nem corpo, e todavia de corpo e coração também forjado, pensamento a deixar-se envolver pelos olhos fechados — tímido e terno. Só aí a utópica vitória.

Neste tempo em que a tenho à minha frente, a essa fotografia a preto e branco, neste lugar do rio ao Norte, pela casa em silêncio nem a respiração da minha filha se consegue ouvir. Mas do silêncio florescem coisas na sua forma exata. São dela as bonecas pelo chão de domingo, os domingos um caos. Carrinho de bonecas a inundar o chão, livros e jogos. A preferida de todas as bonecas com nome desigual; mistura de outros nomes, memória e fantasia, um apelido igual ao meu (assim, com apelido, o sonho é mais real, legitimada até a sua posição de boneca séria nessa sala em caos).

Outra sala, a história quase repetida do avesso. Em inversa cronologia. As minhas bonecas que deitava na cama, o espaço a não sobrar para mim. Às vezes, de manhã, acordava no chão, ao lado da cama, as bonecas frescas depois de sono repousado. Havia uma que mais me fascinava por estar dentro da caixa: feita de louça, trazida dos Açores pelos meus avós. Tinha cabelos de um fio castanho muito fino, impossível de pentear e uns olhos de azul-claro que abriam e fechavam. Vestia ainda um vestido de organdi e folhos cor-de-rosa. Debaixo da minha cama, dentro de uma caixa, proibida de mexer. (O conto do Almada sobre a boneca e a menina).

Mas nunca houvera caos na sala onde brincava. Momentos apocalípticos de cavaleiros a assombrar só os conseguira na cabeça, por dentro. De resto, era tudo tão certo em harmonia. A desfear, só as noites em que as punha, às bonecas, dentro da cama, aconchegadas. A desfear, fora também uma vez, quando modelara massa de vidro sobre o sofá novo. O vidraceiro, que ela passara a fascinada tarde a contemplar, vendo nascer o vidro na porta da varanda, dera-lhe no final uma bola de massa. Oleosa, macia, de cor bege. Por muitos anos, não entendera tareia, nem castigo: achara-os, por muitos anos, pesados demais para o seu erro. Ir para a cama numa tarde de verão mal acabada, o sol ainda a ver-se de encontro aos cortinados. Dormia num divã a um canto da sala, de forma que os sinais do pecado estavam-lhe ali à vista, bem marcados.

O sofá era novo: não conseguia recordar-lhe a cor, só a textura. Hesitava entre verde e cor de canela, mas as duas cores lhe serviam na memória. A textura, essa, estava-lhe tão presente como a dos sofás agora ao seu lado. Não sabia se da mão a afagar ao mesmo tempo massa de vidro e sofá, se do castigo associado ao resto. Mas não era macio o seu tecido e a própria aspereza ajudava ao trabalho de escultura. Os pequenos castigos.

Alguns só de palavras, focalizadas, não sem algum fascínio. Um dia, na drogaria em frente, a mãe a contar qualquer maldade sua. Fora o final da história, o comentário, espécie de posfácio à sua obra: se pudesse, enterrava-me pelo chão de vergonha. Não recordava causa, por sua causa, da vergonha da mãe, mas o quanto as palavras se enterravam; ao mesmo tempo, o desejo de ver — se ela pudesse, ou quisesse. A mãe penetrando no chão (por sua causa), indo até onde? A vergonha a cobri-la, até onde? Se pudesse. Ou quisesse.

Judicioso ensinamento, teria ela cinco anos, tudo na mesma altura: drogaria, sofá, não posso. Nunca se diz que não se pode: se se quiser, pode-se tudo.

>Mas nem tudo. E é dura tarefa, para a primeira meia dúzia de anos, fazer equivaler poder e vontade. Eu querer essa boneca não me faz poder ter essa boneca. Ou vontade de amor. Ou desejo. Quando nada é possível, que fazer?

O seu terror de noite, ao pensar na morte, o seu choro em silêncio, mas convulso. Tudo por essa altura: sofá, não posso, drogaria, a doença do avô, que então vivia ao Norte desse rio. Ao fundo do corredor, a imagem do pai sentado na cama de casal, a porta de madeira polida, entreaberta, a cabeça entre as mãos. Chorando alto. Nunca vira ninguém chorar assim. Ela própria nunca chorara assim. Época de Natal quando se soube da doença e ela soube sem saber. As prendas de tarde, depois de almoço (mas as prendas são sempre à meia-noite, precisa a chaminé, o barulho fingido pela chaminé, as prendas são sempre à meia-noite depois da consoada). Tempos trocados, como trocadas eram outras coisas. Um View-Master de pilhas e brinquedos. Depois, a viagem em direção ao Norte desse rio, discussões, a mãe que chorava, não quero ir.

>Mas nem tudo, mãe. Não chegou o não querer naquele dia de Natal. Tantas coisas por explicar e por dizer. Tantas pequenas frases. Não percas o chapéu, não mexas na televisão, não venhas pela linha de trem, não peças bolos, não fales a comer, não me toques, que arranjei o cabelo. Foram úteis os ensinamentos.

De alguma coisa lhe teria servido também a chegada ao outro rio. Mudar de escola no meio do período, em janeiro. Não fora fácil, mas quando se quer, algumas coisas são possíveis. E ser lançada ao ar por entre colegas novas e gargalhadas conseguira ensinar-lhe o medo das alturas. Os jogos tão diferentes e nenhum irmão para a proteger: tanto o desejara nesse período a meio. Ou uma irmã mais velha; que pudesse entrar de rompante no ginásio à hora do recreio: coragem de a salvar. Depois, fora o colégio de freiras, os nove anos, e o tempo que vencia.

Ainda a preto e branco, retângulo de lados recortados, que assim se usava, é uma outra fotografia, embora a mesma caixa. Estou de pé, braço apoiado em corrimão de escada de ferro forjado. Estamos todas de pé, distribuídas pela escada, bata branca e, em alguns casos, a adivinhar-se por baixo, o uniforme aos quadradinhos. Só as posições diferem: a Emília, ao meu lado, cruzou mãos sobre o ferro, a Lurdes encostou-se ao corrimão e há outra, sem nome, descolada do suporte branco. Em contraste desigual, salpicando a onda branca, os hábitos negros das freiras. Era um dia de sol, eu usava o cabelo apanhado e continuava magra como no outro espaço do outro rio a Sul e as pérolas de água, pequenas carpas debatendo-se no tanque. Sem êxito.

Há depois os momentos de acalmia quase total, em que a falta de sono deixa de ser precisa para o mais frágil da escrita. Momentos em que o corpo repousa, o sono sobra, e só deixa lugar para desejos de caneta boiando. Ao fundo da paisagem, às quatro da tarde, o mar azul, as linhas dos pinheiros contra o vento fraco. Todavia capaz de ostentar pequenas folhas arrancadas no chão da varanda, minúsculas partículas de cinza. Lá dentro, algumas vozes de crianças. As brincadeiras emolduradas pelo sol, pelo mar. Murmúrios de paisagem. Nesses momentos, as coisas deixam de ter a nitidez que as preenchia durante o sono parco. As lentes que as limitam agora lisas, sem ondulação nenhuma. De uma tal transparência de visão que o próprio ar se lhes compara e cede a esses níveis de clareza. Duas gotas de sonho, alguma solidão e retomar a escrita. Mergulhar no passado já não só panaceia, mas o conforto, o prazer de chorar retrospectivamente.

As vozes elevavam-se na pequena capela: cordeiro de Deus, como as águas claras, fechava os olhos em fervor de treze anos, a tentar encontrar por dentro algum lugar de encontro. Mas as imagens seduziam-na. Naquele tempo, a toalha de altar, bordada nela o pelicano, rasgando o peito. Os símbolos, os que ela não entendia, a seduzir, a rasgar partes fracas do pensamento

Ao cimo das escadas, com teto em relevo as salas de aula — uma mais larga e de mais sol, contígua da capela. Outro lanço de escadas conduzindo a lugares proibidos: ninguém subia a escada, caminho em caracol para os quartos das freiras, que algumas, em intervalos e quinze anos, às vezes devassavam. Por palavras só. Cada uma acrescentando um novo pormenor, não sabia se por riqueza de imaginação, se por capacidade de enrolar fragmentos, como eram enroladas ligaduras, ainda hoje a sua serventia por ela ignorada.

Clausuras de silêncio, dormitórios enormes com ferros pendurados prontos ao sacrifício, o véu negro a esconder desertos de cabelo, e o dia em que surgira no meio delas o relato do caso, durado uma semana de segredos. Alguém o vira subindo as escadas, furtivamente, e a clausura de silêncio e virgindade a já não ser: nem virgem, nem clausura, nem fechada.

Alguém, ausente dessa roda de que fazia parte, o vira demorar-se: tempo preciso para o sortilégio. Lembrava-se na capela, entre cantos e cheiros a incenso e cera, a olhá-lo intensamente, tentando ler momentos de pecado, um pressentido traço de castigo. Sobre a mesa de altar, rasgava o pelicano o peito nu. Olhar a demorar-se, os cantos líquidos pairando sobre os bancos de madeira. Uma semana se alongara o caso, para depois morrer, ressuscitado de vez em quando entre lages de estudo e nervos em sepulcro. Definitivamente, lhe parecia, ao Norte deste rio.

Partiram, as gaivotas, para um lugar do Sul, já não o meu, como nunca chegou a ser meu este lugar ao Norte do mesmo rio. Como andorinhas, partiram rumo ao Sul, a espaços quentes onde procriar, deixar marcas de ventos — é possível.

Entre as duas paisagens, entre os dois rios mais físicos que tudo, elas partiram e eu perdi-me. Sem pertencer jamais a uma paisagem própria. Se me sento a jusante, as outras margens soam-me mais caras, de maior arvoredo do que aquelas que piso: e o mesmo do avesso, se troco de lugar, de perspectiva: é sempre mais bela a outra margem, aquela onde não estou. Entre muitas noites, poucas mais haverá a recordar.

Há três anos, esse pinheiro tinha a mesma altura que hoje tem para os meus olhos. A minha filha, três anos mais nova: diferença de abismo, que na sua idade um ano é, conforme o lugar do olhar, um abismo ou um desfiladeiro. A noite tão simples como esta: três anos antes, a linha do mar evoluía o mesmo que hoje — impossível no escuro. E a posição da estrela iluminando: a mesma que recordo. Só um eclipse de lua a destoar a semelhança de três anos. Daqui a uma hora, as coisas mudarão, quando a lua, tingida de vermelho, se extinguir. A outra face, a negra, a dos bruxedos, a da magia — há quem lhe chame estéril, mas de fascínio é feita. Quando a lua morrer por uma hora, a noite não tão simples. E os três anos que soube sempre iguais (o pinheiro no fundo, a linha a dividir o mar do céu, a varanda, até as brincadeiras de crianças na sala, uma vez em cada ano) mudarão. Como a lua a montante, mudará a paisagem que se manteve a mesma as férias todas. Do outro lado da sala, a política breve. Telejornais, palavras. Aqui estará o conforto: estrelas e varandas não sabem de políticas de espaço. Nascerão, quando muito, de pequenos refúgios de dentro, onde a ética se ignora. A ética estelar, quando muito, passará por relações de força, atração e alguns eclipses: algum caos. Como essas amizades.

Antigas, que hoje guardo ciosamente. Não me interessam caixas a sério, nem fotografias (a cores, que a técnica o permite há muito tempo): por gavetas de dentro, as mantenho, as vou recuperando no presente. São às vezes elas que afastam sapos, noites do avesso. O próprio retorno a normalidades da existência: risos sobre filhos, espaços de empatias, cantos de conforto, cerveja, palavras com momentos de espuma e sabores vários. São às vezes essas amizades que não deixam entrar a demência na noite, o canto do seu sorriso a sobrepor-se ao ruído das unhas nas caixas de papelão.

Essas ternuras, esses tempos brancos de carinho seguram-na, por vezes. Neles encaixam: pinheiro, mar ao fundo, crianças pela sala. São elas, se calhar, a verdadeira vida. Antípodas da escrita, se calhar. (Se ergue os olhos do papel, o que vê, em desejo, é um mar mal contido entre rochas. Não dar férias ao tempo. Até um barco despertar vontades de refúgio. Nadar até ao largo, a linha do azul a aproximar-se, sem se aproximar de facto, ondas sem fim: até peixes romperem os corais e a linha do azul se tornar una). O seu segundo lado, como a lua em eclipse: antes do avatar, transformação em monstro pela noite. Outra vida, esta feita de angústia, por panaceia única o afogamento no papel. Como se de água imensa se tratasse.

Duas linhas de amor, a minha escrita a falhar contra o vento. Antes de tudo, igual a tudo, os fantasmas persistem, sonolentos. E, noite após noite, abandonam o quarto em acalmia e trocam de vestido: põem de lado o branco, o sol; e de negro enfeitados para na noite proceder ao massacre de novo. Até a madrugada, quando o sono mais forte que o terror e o outro lado do espelho os acolhe outra vez. A lua outra vez lua a adormecer, serena; o corpo ao lado, a ameaçar-se, terno. Findo o massacre, chega o tempo da calma. Sem paz, nem qualquer glória.

IRMÃS

Memórias
Prólogo
Epílogo

Memórias

Exatamente como foi, o medo de me enganar
mais tarde na memória — é tudo o que me resta: estar
de noite às escuras a pensar em ti.

E se me lembro mal, se troco as vezes, naquela
quinta-feira o dia do amor em vez de ser
na quarta, o erro surge-me gigante,
um peso carregado como Atlas.

Por isso é que preciso de lembrar coisas
exatas, como aconteceu tudo; não só
transpor depois na ficção recolhida, sou eu
que te preciso e dos teus dias
que me foram meus.

Lembrar-me exatamente como foi, o que usei
nesse dia e o que usei no outro, até que horas
 tudo, se havia gente ou não
e em que dia. Porque as palavras depois se
reconstroem.

O que se disse então torna-se
fácil — é tudo o que me resta: recordar.
Assim dito parece coisa pouca, lugar-comum e
fácil, mas as noites são grandes

e lembrar-te
exatamente
de uma forma correta

é me tão importante
dentro das noites a pensar em ti
sabendo: não te vejo nunca mais.

Prólogo

No princípio, era a chuva e a secura na boca, o coração apertado. Um desejo de não ver ninguém. Tentou lembrar-se de como tudo começara, definir a quantidade de amor sem padrões nenhuns.

A noite de domingo e a conversa como lua, arrastando-se até as três da manhã. Fosse porque sentira a vulnerabilidade da outra, dócil como a sua: estavam ambas desprotegidas, desfazendo-se em tristeza no dia em que ela soube: só um amor pequeno e perfeito como um lago, ou uma montanha, igual a essas ali tão à frente, os cumes de infinita brancura. Pela primeira vez, sentiu que amava o seu reflexo, uma pessoa: o seu reverso que também a amava. A descoberta trouxe-lhe à memória alguns filmes antigos, um conto que sonhara em certa altura.

Eram as duas casadas, as duas tinham filhos e falavam sobre as vidas com uma certa timidez de desassossego. Amedrontadas do desejo comum, tanto como temiam o sentimento sem palavras; filhas como eram de pais e sociedades e céus onde estas coisas não devem ser ditas nem sonhadas. E contudo, o tempo todo que elas estiveram, o pequeno amor esteve sempre também. Quando se separaram de madrugada, ela fez um movimento curto de ternura e beijou a outra como as mulheres fazem geralmente. E a outra abraçou-a um pouco muito forte, um bocadinho diferente de como costumam fazer as mulheres.

Nada foi dito, então, mas ela sabia do pequeno amor, que ele andava ali à volta delas, à volta do ar como pequenas asas, modificando gestos. Tinham medo de se tocar, porque sabiam que seria um toque diferente. Nesse tempo, como um gênesis, não podiam sequer confessar "Vou sentir a tua falta quando voltar ao meu país", porque ambas reconheciam que não seria só falta, mas saudades da irmã na amante a haver.

Um sentimento inconversável na língua que falavam: uma língua comum, desconcertada, e o estarem longe e sentirem-se sós. Partilharam-na sempre, embora não fosse a língua de nenhuma delas; porque nenhuma delas sabia falar a língua da outra. A província da palavra importando mais do que dizer.

Como partilhavam o mesmo grupo pequeno. Nele, representavam normalmente, exceto pelos olhares trocados por detrás das máscaras, nuvens súbitas e azuis. Eram coisas curtíssimas, quase despercebidas. Como uma vez em que a outra recusara o passeio com o grupo e fora para a cama ao fim da tarde. Quando ela a chamou da porta do quarto, sem entrar, a recusa primeiro, tão ligeira a dizer quero ir, ela a insistir só pela retórica, e as duas a passeio, em tácito silêncio um caminho escolhido contrário ao do grupo. A outra a tocar-lhe no braço levemente, em carícia, e ela sentindo o corpo percorrido por ondas pequenas e desejando mais, sem saber quais os passos para o conseguir. Mas o mais difícil acontecera e o amor ainda estava lá.

E assim chegaram outros tempos, um pouco depois do gênesis e longe do coro. Era de noite como a primeira noite e o jardim, embora continuasse a ser jardim, feito de sombras e indecisões. Novamente a conversa sobre as vidas e ela, para quem o choro custara a aprender, começando a chorar devagarinho. Estavam sentadas lado a lado como duas mulheres sensatas conversando, e a outra levemente, pôs a mão nos seus ombros, quebrando muros, arrastando ondas. Lentamente, tocou a mão da outra que a puxou sobre o peito e a abraçou. Embaladas, já não ela e a outra, mas as duas quase uma. Pouco foi dito, então. Só "é bom estar assim", "é bom chorar". Mas no desconcerto e estranheza da língua, as palavras saíram da província e entraram no jardim.

Teve a impressão certa de que assim, a cabeça deitada no braço da outra, o rosto voltado para o seu rosto, pouco faltaria para qualquer coisa. Que finalmente aconteceu sem tempo nem lugar, porque não houve lábios contra lábios. Só um beijo a acontecer por dentro, tão macio e tão forte como o pequeno amor. "Nunca na minha vida estive abraçada a uma mulher desta maneira", disse a outra. E não havia mal nem erro.

Iam separar-se brevemente. Cada uma para o céu e país que eram os seus, e a sobrar: cartas trocadas sobre os filhos, uma empatia a dividi-las. A angústia do irredutível apossou-se dela: que mais fazer, se nada mais havia a fazer — coragem de falar abertamente de amor e também mas não só minha irmã, minha amiga. Só a última noite combinada até tarde como as outras noites todas, a saudade do que não tinha havido e tinha, dentro do beijo implícito sem lábios. Vulneráveis e sem palavras, assim se separavam lentamente. Para sempre, em países distantes.

Estava sentada sozinha no jardim de manhã cheio de chuva caindo, o banco da noite anterior à sua frente. Definido e cruel por ser dia e pelas vozes longas — tantas vozes à volta, tanta gente. O tempo do segredo fora antes, com o beijo sem lábios. Hoje tudo era linear e branco, e ela estava sozinha, tentando recolher cada momento. Com frio e sono e a chuva em cortinas pequenas sobre o lago.

Epílogo

Esta história podia não ter fim.
Bem sei que diz de lagos e de chuva
E o seu final se fecha com a chuva
Caindo sobre o lago.
Mas mesmo assim podia não ter fim.

E se continuasse, então que fosse
Um fim feliz, uma segunda história,
Espécie de coisa bela e irmanada
Sem amor decaindo e onde as duas
Se encontrassem por fim num terceiro país.

Por exemplo, o Japão. Agrada-me o Japão
Nesta minha função de contadora,
Pelo tom improvável e exótico.
Que seja no Japão o seu encontro.
Imaginemos pois uma viagem.

Vindas de lugares extremos,
Alguns anos depois
E o pequeno amor à sua volta ainda.
Vulneráveis ainda. E em silêncio.

A filha fora despedir-se deles ao aeroporto. Ao olhá-la, pensou como o cabelo já não era tão louro como antes, mas de um tom castanho. Clarinho ainda, a dar-se bem com os olhos azuis. A filha abraçou-a, pedindo "Volta depressa, mãe. E telefona". Eram sempre assim as despedidas. Ela tentando não chorar e no último momento desfazendo-se em lágrimas, ele mais sóbrio, contrariando-lhe a compra do tabaco "Não vais fumar isso tudo, com certeza".

Sempre assim fora. Ele cultivando o sensato e a segurança, como estar um pouco antes da hora marcada no aeroporto ou entrar no trem meia hora antes, ela amando o prazer de esperar pela última chamada, o tempo misturado, o imprevisto.

Fez-lhe a vontade e foram dos primeiros a entrar no avião, e a viagem era dele: um curso necessário no Japão. Sentiu medo, como sempre, do avião a levantar. E se não levantasse, e o chão ainda ali, as chamas envolvendo o avião, e a morte. Mas eram tão iguais as coisas todas e tão pouco provável o acidente, que o avião levantou de facto e os ouvidos dela ressentiram-se. Como sempre. O costume.

A conversa, o costume, que nem merece honras de página ou de linhas. Foi bonita a chegada ao fim da tarde, o avião pousando realmente e os ouvidos dela uma vez mais. O costume. Como a chegada ao hotel, o desfazer das malas, a pequena ronda de reconhecimento tão do gosto dele e o fazerem amor como o costume. As lágrimas nos olhos dela, que ele não viu, porque tinha a cabeça no seu ombro e no silêncio escuro as lágrimas são cópias de pérolas pequenas.

Depois, a ida cedo para a cama, que o curso a começar de manhãzinha assim o exigia. E ela fechada na casa de banho a chorar um pouco, pensando em anos antes, na primeira história em que as três da manhã eram o gênesis de tudo. E, no dia seguinte, a desejar-lhe boa sorte para o primeiro dia e ele a dizer-lhe "até logo, e não te esqueças, vê lá, do café da manhã".

Sozinha no quarto, pouco lhe interessava o café da manhã. Um país diferente como o outro há alguns anos, mas a mesma língua em que o léxico idêntico e comum era dos dois. Nada de províncias de palavras importando mais do que dizer: aqui, as palavras eram só palavras como adeus até logo e não te esqueças, vê lá, do café da manhã.

Não te esqueças de mim. Vou sentir a tua falta. Tanto. Numa língua diferente há alguns anos. O pequeno amor sempre rondando, sempre perto nas cartas — por favor, escreve, querendo dizer apesar da distância, amo-te sempre, e apesar do beijo que não houve, mas houve sem lábios. Saiu.

> Eram ruas diferentes
> Como é suposto assim ser no Japão.
> E tanta gente, cidades povoadas
> E de cultura tanta e tão diferente.

> Imaginemos, pois,
> Que do extremo lugar ao que era o dela,
> A outra também vinha, uma lua maior
> Como a lua anterior de há tantos anos.

> E as quatro da manhã a recordá-las.

As filhas foram com a avó dizer-lhes adeus ao avião. Tão altas, a pele macia, a mais velha, a outra, ainda com um sorriso de criança. O marido também, e perto dela o seu sorriso.

Fazia chuva e frio nessa manhã, o que lhe recordou os anos antes, o conto recebido numa carta da outra, a história dentro da história. Lembrou-se do silêncio, não te esqueças de mim. O pequeno amor sempre, mesmo agora no avião subindo, os dedos apertados nos dedos do marido, sentado junto à janela. Não sabia dizer onde acabava a terra e começava o céu, o avião numa curva apertada, diagonal de jacto. E o marido sombrio, a conferência ainda algumas partes por rever, puxando a tampa do banco da frente, os papéis espalhados, alguns livros.

Lembrou-se dela e os anos antes, a desarrumação nas suas coisas, o beijo por haver mas implícito havido, e o pequeno amor sempre, subindo mais que o avião, através das dezenas de folhas mandadas de um país para o outro. O que me atrai numa pessoa, lembrava-se de lhe ter dito, é a personalidade, e o que te torna a ti só tu, recordava-se de não ter acrescentado, para mim tão necessária de viver, é o desconcerto de tudo. Lembrava-se: não chores e a sua mão pousada sobre os ombros dela, os braços envolvendo-a, puxando-a sobre o peito. É bom estar assim, minha irmã, minha amiga, amante sem haver.

Foi macia a chegada, embora a chuva continuasse mesmo noutro país, e o marido e ela correndo para o táxi, as malas como mãos dadas. No dia seguinte, começava o congresso, e foi só o hotel e assinar, o desfazer das malas. "Desculpa, mas preciso de ver isto." "Com certeza."

Com certeza que sempre te amarei, mesmo se não nos virmos nunca mais, mesmo só pelas cartas nessa língua diferente, não a tua nem a minha. Que a província da palavra, era isso que querias dizer no teu conto, importa mais do que falar. E de manhã saiu depois da outra, no mesmo hotel as duas, sem o saber nenhuma.

>   Como corda esticada até ao extremo,
>   Como extremo seriam os países
>   De onde voltavam ambas. Mas não extremo
>   O amor: só pequeno e redondo
>   Como a lua. Pelas três da manhã.

E foi assim que durante dois dias ambas viveram vidas separadas, como sempre o tinham feito, no mesmo hotel do terceiro país. Sem o saber nenhuma, cada uma no quarto acompanhada sentindo-se mais só do que no seu país. Porque cada uma não conseguia deixar de pensar um pouco mais na outra. Vulneráveis, assim se reconheciam no ar diferente que habitavam: pendentes de tristeza pelos anos antes, mais recolhidas pela lua de antes.

E foi assim que no terceiro dia, um gênesis trocado e súbito, ela escrevia sentada no átrio do hotel, à espera do marido. Um pouco mais desarrumada no sofá, as pernas confortáveis a segurar o caderno e a mão em vida própria sobre as folhas. Era quase noitinha e as luzes do hotel estavam acesas.

>   O que provavelmente deve ser
>   Um símbolo qualquer na nossa história:
>   Um contraste talvez com a chuva caindo
>   Ou com a escuridão macia do jardim
>   Da outra história.
>
>   Mas a minha função de contadora
>   Não envolve leituras repartidas.
>   Só encontrar um fim feliz por fim
>   A não dizer de lagos nem de chuva.

A caneta movia-se depressa e as luzes do hotel estavam acesas, quando ela levantou os olhos e de repente a viu. Umas escadas atapetadas de alguns degraus separavam o átrio da porta do hotel, de maneira que o corpo da outra foi surgindo aos poucos: a cabeça primeiro, o tronco, as pernas. Como um parto, assim foi o reencontro. Um pequeno sorriso de desassossego, ela a levantar-se, a outra tentando não correr. O pequeno amor finalmente de novo feito carne.

As palavras faladas foram poucas na mesma língua estranha a ambas, mas a única comum. "Tenho sentido tanto a tua falta." "Mas temo-nos escrito." "Pois é, temos escrito." Mas sabiam-no ambas que escrever não chegava, que era preciso assim, a imagem sem chuva novamente, a língua do corpo a dizer minha irmã, minha amiga, amante se quiseres, mas isso já não é o importante, agora que me basta ver-te, tocar-te devagar como duas irmãs há tanto tempo.

Para os maridos, a outra era só uma amizade mais que tinham feito longe e que sobrara como se sobra à guerra. Houve, naturalmente, gentilezas por parte dos dois, conversas entre os dois para que elas pudessem conversar, jantares a quatro durante os poucos dias que faltavam para voltar cada uma para o seu país. E houve também os outros dias, os longos em que ambas passeavam conversando de tudo, agora a língua estranha mais comum. Mas nunca mais como nos anos antes, as quase quatro da manhã, nunca mais o beijo a acontecer tão perto, acontecido implícito e total. Já não precisadas amantes cada uma a precisar da outra, embora uma saudade sempre.

> Só encontrar um fim feliz por fim
> A não dizer de lagos nem de chuva.

Era de manhã cedo, quando o avião dela levantou. As despedidas haviam sido no hotel, que nem um nem outro achara razão suficiente para aeroporto e tempo gasto e dinheiro em táxis só para que elas pudessem dizer-se adeus. E nenhuma insistiu, que assim o preferiam. Protegidas do desejo pelo que cada uma tinha ao lado.

Era de manhã cedo, quando ela disse adeus à história. E não havia chuva sobre o lago nem ela tinha sono ou frio. Tudo corria bem na temperatura regular do avião.

COISAS DE RASGAR

Reencontrei-te. Se soubesses (que nunca soubeste) como te amei. Ou não era amor, era paixão. Apaixonada por ti, passava dias a pensar se vier, se não vier. E uma palavra tua: mais que um sol inteiro.

Agora, tenho-te à uma da manhã dormindo noutro quarto. De partida quase. E não me atrevo, como nunca me atrevi, a dizer nada, a falar o espaço mais minúsculo. Adivinhaste alguma vez? Soubeste alguma vez, na tua forma de amar como deve ser, até que ponto extremo uma coisa útil de louça e de cozinha te foi dada por mim a não mostrar amor, mas a ser? Adivinhei-o eu, então, alguma vez?

> ia agora escrever na tua forma de amar conformada, mas não devo, porque não é verdade essa conformação, como deve ser é mais intacto, melhor: amaste quem te era permitido, amas quem te é deixado amar, podes beijar, como quiseres, no meio da rua, sem que ninguém te olhe estranhamente, mas não é desse amor que agora falo, aqui, mas do meu, por ti

> Adivinhaste alguma vez as coisas que não disse? Adivinhei-o eu? Falaste-me hoje do olhar a trair. Alguma vez o meu olhar me traiu junto de ti? Alguma vez me viste, como eu agora me recordo, como janela de encontro ao teu olhar, às mãos, e ao cabelo? Ao meu lado, hoje, olhava a tua nuca. A minha mão à distância possível, mas à distância toda da impossibilidade, do que não posso, não devo, não ouso. Mas quero.

Coisas que te detesto, pequenos sobressaltos de ti de que não gosto. Mas sobre esses desagrados, há uma ternura que me fascina ainda. Fascinou-me há anos. Esquecera-a, porque eras-me impossível. Até na minha cabeça me eras impossível e disfarçava por dentro o amor que sentia. Mas sabia que era amor, mesmo sem a palavra andar na minha cabeça. E tu talvez, também. Um colar de contas azuis, vindo de fora, as pequenas mensagens que me deixavas na caixa de correio. Sabes o que corri, no meio de um dia de calor imenso, para encontrar a tal coisa de louça e útil de cozinha?

Porque é que vieste passados estes anos? Por que te permiti que entrasses, por que um telefonema, por que continuar em folhas (tantas) uma amizade que eu só queria amizade, mesmo querendo amor? Desejava tanto só amizade. Ser capaz de te amar só assim. Sem este tremer de vela que eu não sei apagar. Não sei. Não sou capaz. E nunca to direi, nunca a coragem de uma confissão. Sei só que a distância há de conseguir colocá-lo novamente em bom porto, como um navio de guerra depois da batalha, agora inútil, o navio.

> pela outra parte, que não o merece, eu tenho alguém que me ama assim, não lhe posso fazer um mal de espanto como este, e eu: não posso refazer o que não houve, e tu: antes uma amizade, antes a tua voz de vez em quando, uma palavra tua para um sol inteiro,
>
> só a distância

Passear ao teu lado. Disseste: quem diria que ao fim de tantos anos havíamos de estar assim, a olhar o mar, a ver recortes de cidades? Quem diria que ao fim de tantos anos era a mesma violência? Alguém me amou nessa altura. No meio desse, estavas tu, estiveste sempre até eu te afastar, de tanta dor. A distância, a alargar-se, ajudou-me a recuar-te no coração. Sempre que te via depois disso, inventava, sem saber, amores para te ter em atenção. Mas a vela a tremer estava lá de cada vez que eu te revia.

Depois, foi a distância maior. Mais longa. E eu consegui esquecer-te, enviar-te para uma ausência de memória de onde só saías, quando eu dizia da tua falta a outra gente. Sempre com um tom de como deve ser, sempre com a distância da palavra.

Mas esqueci-te. Por que é que me vieste, agora, quando eu já conseguira ter-te longe? Por que é que me apareceste? Por que é que estás aí, às duas da manhã, à distância tangível: três passos, uma porta, e o teu corpo.

Queria beijar-te. Como não deve ser, mas como deve ser. Sabes como me sinto quando falas assim, em displicência e riso, de coisas tão de corpo? Tocar o teu pescoço, levemente. Tocar o teu sorriso. Ontem, em hotel e naturalidade destas coisas, despiste a camisola à minha frente. E eu, afastando os olhos. Como deve ser. Com um pudor impossível se fosses só amiga, virei-me de costas para ti para despir a camisola. Nunca um gesto. Mas quero. E entre o querer e o resto, as coisas são tão fundas como abismo.

De partida amanhã. E em mim, uma vez mais, a ferida aberta. Por que é que não ficaste onde devias, à distância de mim e do meu corpo? Por que é que não ficaste à distância devida do meu coração? Por que é que eu sou o ponto mais vazio entre querer o mundo todo e não o ter?

> alguém te fez assim três páginas de amor às duas da manhã já a tombar, alguém te deu assim, sem dar, sem um propósito de leres, três páginas assim? alguém te disse que os teus joelhos são feios, mas que em cada joelho eu punha um beijo, como uma flor, um pássaro, um navio de lua, alguém amou assim a tua boca, alguém te disse que cada lábio teu o infinito?

> mostrar-te que o desejo é como dique: fluindo para ti, mas contido entre as rochas do meu corpo

A mesma violência. Mas com mais estes anos. Comigo a ter crescido por mais estes anos. Eu sei que é impossível e sem finalidade esta violência, mas ela faz parte, como sempre fez parte, de eu te amar. Perguntaste: tens medo de gostares de outra pessoa? E eu por dentro a dizer que sim, mas que eras tu, que era de ti, que a violência do meu medo eras tu que a trazias.

Como um vento africano, uma monção de extremos, eras tu. O que te disse foi o que podia, o que devia ser. Esperando a distância e a segurança. Pensaste sossegar-me, ao dizer-me as coisas todas que eu devia saber. Os meus olhos por fora a não trair. Eu sei que não traí o que sentia.

> o que eu quero agora é deixar-te estas páginas aí, por sob a porta, ou mandá-las mais tarde, quando o que já for tarde a proteção de mim, mas entre o que eu quero (o mundo todo) e o meu nada, a distância é de abismo

> vou conseguir esquecer-te, exorcizar-te como fui capaz ao longo destes anos, mas para isso nem amizade me posso dar-te, nem ver-te à minha frente, nuca, cabelo, olhar, pescoço levemente que eu desejo na ponta mais sensível do meu dedo, hoje, no carro, e antes da partida, o espelho de permeio, olhar oblíquo e líquido, o teu, que eu já não quero

Nunca mais. Nunca mais te olhar. Ou pelo menos deixar passar mais alguns anos até tu: coisa de amor inofensiva, possível de amar em amizade só. Despir-me à tua frente sem que o meu desejo transpareça no medo de te mostrar o meu desejo. Até que olhar-te seja tão normal como não é sequer agora olhar-te o cotovelo. Até que os desagrados sejam só desagrados de amizade, coisas inevitáveis na amizade. Mas tenho medo que daqui a esses anos, o teu joelho volte a ter para mim o mesmo tremer de vela em amor que hoje tem.

Se eu então te disser o que não sou capaz agora, porque não posso, mesmo querendo, nem ouso, mesmo querendo, nem devo, mesmo querendo, perdoa-me. Talvez que então a passagem dos anos, que se diz curar coisas, não te permita medos. Talvez que então as passagem dos anos nos ajude. E o meu desejo, dentro da violência que eu temo ser a mesma, revisitada, em fascínio outra vez, seja protegido pelo dique, inevitável e de facto real, que é o tempo. Talvez então eu possa aceitar sem medo o teu olhar.

E o teu sono, num quarto ao meu lado, a outras horas da manhã, me desperte, dentro do desejo por fazer, uma ternura imensa. E eu entre no teu quarto e me sente a teu lado. E seja capaz finalmente de te afagar a nuca, como se afaga a cabeça de um animal muito belo.

EM NOVA VOZ DE GENTE

"A tarde está cinzenta e tu não estás." Hesito entre confundir-me e narradora assim tão claramente. Começar antes: "A tarde está cinzenta e alguém não está?" Acrescentar: "pensou?" Veremos. Para já, o cinzento da tarde e o nevoeiro que corta rente a linha do horizonte. Para já, saborear este começo. O tempo é de memória, mas também de presente.

Vai ser então assim: a tarde está cinzenta e o nevoeiro cresce junto à praia. Nesta esplanada cheia de gente, o momento é de memória. Troco caneta por lápis: mais macio no papel o ondular. Mesmo assim, não apagarei palavras: se necessário, ainda que de lápis, recorrerei ao risco e à emenda.

Que dirá, neste exato momento, o meu rosto? (Ou o rosto de quem narra?). Uma certeza que me faz tremer, e tantas vezes: a quem pertence o mundo? Ou é de ninguém o mundo de narrar? E o outro, a quem pertence? De quê, será talvez exata a mais pergunta? Para que pertencer?

Não sei o que fazer: se sugerir um outro tempo de falar, se desenrolar já o resto das palavras. De qualquer forma, o que quero escrever:

A nós, porém, pertenceu-nos, ou assim pareceu. O mundo pertenceu-nos. Momentos houve em que julguei (julgou?): "Se me pedires a lua, fecha os olhos e ei-la: branca, imensa". Momentos há em que sei ser verdade o que alguns dos que habitam este redondo azul, de mistos movimentos, em certezas de posse e segurança, julgam ser impossível: dar-te a lua. Caminhar nessa noite pela cidade estranha.

Misturarei cenários e memórias?
Quando o frio era tanto, e as montras, brancas.

As árvores cobertas de pequenas luzes. Se fecho os olhos, mesmo nesta tarde, sentada aqui, o sol de frente quase, é a mesma magia: o coração a desmaiar de espanto. O instante pensando-se presente, ao lado dessa ponte. E eu pensando: "Se tivesse sete anos outra vez, ser criança outra vez, não só a dor a arder no coração, a dor em alegria: era um salto de corça junto às luzes, saltar num jogo desenhado a giz, caminhar sobre a água, os pés dentro de botas amarelas. Ou como aquela vez, sentar-me só no chão. A mão adulta e forte a insistir, e o corpo a recusar. Eu em silêncio, mas bebendo as coisas. Isso faria, se me fosse dado ser criança outra vez, por dentro e no tamanho". Músicas na cidade. Música pelo ar, e a noite fria.

E tento outra paisagem. O que queria era inclinar-me aqui junto a pronomes certos. Não hesitar gramáticas, nem vida. O que queria fazer era história total: com tudo — nomes, paisagens, coisas. Repito pensamentos? Mas era mesmo assim que o desejava: inclinar-me de frente, junto a tudo.

O tempo mais pequeno cada vez. Agora só um dia, pouco mais de vinte e quatro horas. Coração apertado, umidade contínua no olhar — que não passa. Ter que fingir diante de outra gente: a vida dilatada a caber mais que nós. Dentro da área do seu círculo, há muito mais que nós: se falo só em gente, excluo ainda toda a que não conheço — dentro dessa, uma fatia curta em que não somos nada, e toda a gente com quem o fingimento. O fingir da alegria, fingir contentamento de regresso. Tantas frentes fingidas, tantas frontes.

E o tempo mais pequeno cada vez. Desejei para ti um outro mundo, uma gente diferente. Desejei para ti tudo o possível no desejo mais lírico, o que podia liricamente querer: e, porque assim, no meu desejo cabem: manhãs ainda cedo, mais brandas do que as de hoje, um céu ainda mais azul, uma paz onde fechar os olhos não fosse pesadelo, o medo de encontrar outra paisagem de rochas e de frio, uma árvore de copa mais frondosa e cheia. Para ti desejei todo o possível no lírico desejo. De forma a que não fossem só as palavras, por isso só conseguem ser líricas, caber no que é possível em amor.

No que aprendi, tu não cabias. Nunca coubemos no que me ensinaram. Nunca me deram matéria verbal para falar de nós — por isso me confundo e falo do que sei há tantos anos. Desejando inventar palavras novas, formas novas, ao menos, de as juntar. Do amor que não é no centro desse círculo, o que posso eu dizer?

E todavia, o tempo mais pequeno cada vez. Amanhã, um pouco mais de vinte e quatro horas sobre aqui, haverá nuvens onde a linha azul tão firme como esta. Mas tu não. E gente. Coisas várias sem nada que as difira de as daqui. Mas tu não. Entre as nuvens daqui e as nuvens de amanhã, um mar inteiro. E eu sem palavras para nós cabermos.

Meu amor. Até o termo roubado a outra língua, a única que sei. Com ela criaria, se pudesse, coisas mais insensatas e mais belas que eles jamais fizeram. Com ela dir-te-ia o que não posso em frente dessa gente. O círculo da vida: então nós caberíamos. Não linha periférica, mercadoria andante onde sobramos, mas um círculo mágico com o mundo e nós dentro. Uma língua diferente far-nos-ia — para eles — reais.

Mas é por esta língua, a única que sei, que te posso falar. Com ela criarei um pôr do sol maior. Catedrais que conversem, não feitas de silêncio, nem de espuma, nem deuses. Catedrais onde caibas e eu caiba. O tempo mais pequeno cada vez. Passageira umidade no olhar quando te vir. Pequena reverência de ternura. Hei de fazer contigo um círculo maior e só de paz. Com as mesmas palavras, então palavras novas. A caber.

> *Embriagar-me até ao infinito. Deixar de sentir mãos, músculos, sangue. Eu: imenso vazio. E de conforto feito. Que no vazio, às vezes, as coisas ganham alma e sentimento. Que no vazio, a mais das vezes, as coisas são reais. O real: uma enseada de madeira, o seu olhar, ausências de saudades do dever. Ou o real: um círculo*

onde lhe desenhasse, comovida, o centro — um centro distorcido e belo, um pássaro de cor? Ou o real, então: quando te sonho — surges-me sempre como escrita minha, o teu corpo a romper longas cadeias de letras e de sons, o teu corpo a viver sobre o meu corpo. O real, finalmente: uma enseada de conforto, um círculo de luz sobre o teu corpo. E eu.

Fecho os olhos e vejo novamente a árvore de Natal cheia de luzes, no meio de arranha-céus tão altos que o olhar deles se rompe, mais ainda na noite, embora nos seus cumes, como estrelas, luzes a prevenir tráfego aéreo. Caminhar pelo frio, o braço dado a uma amiga, que me emprestara gorro e luvas para a neve. Se fecho os olhos, sinto-lhes outra vez a lã macia, vejo-lhes outra vez festa de cores: azul, castanho-claro. E na distância a sério, tu: incomparavelmente tão recente, tão perto.

A minha amiga não sabia. Pensava em gentileza, em mostrar-me a cidade. De contrastes demais que eu sentia mais funda, mais pungente, porque tu tão distante e tão ali, ao alcance de só pequenas horas. A minha amiga não sabia, e o cheiro da neve, o cheiro que o frio tem, as luzes, a noite das estrelas que eu não via, o cheiro, o frio, as luzes, luzes, luzes. Intoxicada eu por tu não estares, e as luzes.

As velas a brilhar na catedral onde ela me levou. Um tom de reverência dentro da catedral, de beleza tão cheia como o teto da noite, os vitrais, as velas a brilhar, os santos nos seus nichos cheios de luz. Se fecho os olhos, sinto-o outra vez, ao cheiro dessas velas. Eu, numa crença de que só me recordo numa infância antiga, ajoelhada e a repetir por dentro palavras de saudade. Intoxicada pelo calor das velas, pelo tom de oração. Vitrais, santos de pedra gravados nas colunas. Recordo as minhas lágrimas, ajoelhada em frente de um altar, num banco de que sei o lugar exato por dentro da memória. As minhas lágrimas mais quentes no contraste entre o frio de fora e o calor que fazia na igreja. Eu a poder chorar por fim, sem que me perguntassem a razão: legitimada pelo banco, pelo recolhimento, pelos terços corridos pelas outras mãos. A vela que acendi. Contaminada pelo tom solene e num fervor real. Libertar no desejo o meu desejo e desejar o mundo para ti: um mundo onde eu estivesse e tu estivesses, perto de facto, como eras realmente tão recente e tão longe.

Sair para as canções de brilho de Natal a povoar as ruas, sair para o que em brilho povoasse, as montras a brilhar, neve a brilhar, as ruas cheias, povoadas de gente. Ter que sorrir depois, a minha amiga feliz da gentileza e por me ter mostrado catedral. Então, a vez da árvore a chegar, ruas interrompidas, arranjar um lugar para assistir, como em palco de luz. Lugar ainda às escuras no meio do outro brilho e de outras luzes. De repente, a explosão, a multidão compacta a saudar uma árvore que eu achei tão pequena. Pontos de exclamação em desproporção clara para mim, maiores absurdamente que aquilo que exclamavam. Um frio tão frio, entrar depois em lojas aquecidas, invadidas de luz e de canções. Lágrimas a teimar, agora em explicação inexistente. Fingir, por isso, interesse em cantos onde chorar fosse possível e eu só fosse vista por olhares alheios. Não convulsivamente, mas lágrimas nos olhos, as canções oprimindo como paredes longas, luz rasgando, ao menos ficar só, o brilho sobre as coisas de comprar, luzes, as luzes, luzes.

A quem pertence o mundo? Inventar uma nova litania:

Vergonha: a fome nas crianças, a fome desenhada, omnipresente. Crianças que nem pão, ou gesto, ou um olhar qualquer. Vergonha de haver fome. De olhar fome. Vergonha: só o ver, como estas coisas. A violência de ver, sem mãos para mudar. Essa, a vergonha.

Vergonha: amor ausente e lacerado, obrigações de carne e cama, obrigações do resto. Vergonha, esse chocar de carne contra carne, em moderna invenção — que nem de carne é feita, mas de fórmula exata.

Vergonha: destruir e conquistar sobre terreno alheio. Vergonha é o silêncio, a sério de vazio. A quem pertence o mundo? Vergonha é não te amar. Vergonha era fingir que não pertenço.

Uma frase escutada no final da infância: "se não houvesse amor, não havia universo". O motivo: a atração dos astros e das coisas que se movem. Mas também eu e também tu te moves. Como estrelas de vida, "vergonha é não amar". As palavras perseguem-me, sombrias. Vergonha é não amar, e o sol de frente. Vergonha é ver o sol e não o ver. (Não é este o motivo da escrita, reconheço: mas escrever sobre o que é feito de ti e do que sobra: e não me chega.) Abrir os braços em gesto que não sei e só talvez assim o conseguisse: braços abertos, como os do Cristo que vi na catedral, e o mundo todo aberto à minha frente.

Dizer que dessa vez foi o que já sabia sem saber (reconhece-o quem lê? denuncia-o quem sabe?). Saber que o grito (a existir) por entre o pesadelo se transforma em conforto, saber, de cor agora, saber a cor da voz. Pequenas dissonâncias (continuando a história a duas vozes), feitas de inusitado e maravilha: trazer café atrás de mim, para dentro do carro, agora carro, não carruagem em andamento de um século passado e sem memória. Bebê-lo em andamento, ao século que foi e ao café. Uma saia manchada de café, o riso, a consonância.

Num país outro. E o sol era de ausência. O vento, um vento forte. Ao tempo, repeti-o a quem sabia amigo (alguém, de nome aberto, outro, de nome surdo). Que tinha de te ver, de estar contigo. O sol era de frente e ver o sol de frente, a ti, ao sol. Mas eu sabia, tu sabias do vento a comover-se, da luz sobre mais luz. Quando voltei do sol, reconheci: vergonha o pertencer, sem querer a outro corpo. Vergonha é consentir.

Vergonha é consentir.

E a fome pode ser: ou de matéria a sério, ou de ternura — tão séria, tão honesta, como a ausência de farinha ou leite. Vergonha é o jornal que leio de manhã e ao domingo: as notícias de choque, a polícia de choque. Vergonha é não amar. O resto é estar aqui, o futuro presente, pronto para suster ódios e lutas. O resto são as lágrimas idênticas sobre a fome e o choro à nossa volta. O resto é olhar teto, olhar conforto e saber que trocá-los era nada, se tu à minha frente; como um sol. Orgulho por amar.

Que se comece a história em nova voz de gente. Catedrais que perguntem: onde Deus? E: a quem pertence o mundo? Que se comece a história sem redes de trem a amaciar.

A tarde está cinzenta e tu não estás. As redes podem ser de outras verdades. O nevoeiro já se pôs agora, fecha os olhos, então, e ela aí está: branca, tão grande. A lua. Agora. E para quem, a ser —

OU SEJA, ARA

Quando o café se encheu, e a música na televisão a competir com as vozes dos homens, era dia de Ano-Novo e manhã cedo e ela entrou também. Um ano a lembrar capicuas; daqui a sete mil anos, haverá outro, essa uma capicua exata, este só arremedo, um pouco em descompasso. Mas Ano-Novo. Com maiúsculas, a querer dizer símbolo.

Gostou da ideia de estar ali sentada e o café de aldeia cheio. Sem mulheres. Onde estavam as mulheres, que não entravam ali; se calhar, na manhã coberta de geada, os campos brancos, os ramos a estalar de branco, na estrada pequeníssimos lagos de água branca um pouco dura, o frio a saber bem, onde cabiam elas no meio desta paisagem toda branca e os vidros das janelas do café por dentro em gotas?

A televisão gritante, mas tudo a apetecer. Até a lembrança do regresso a casa daí a pouco, acender o forno de lenha branco, ofício já aprendido. Pequenos ritos, curtos ensinamentos que assim se transmitiam, mesmo neste ano a lembrar capicuas. Daqui a sete mil, que seria do forno? E quantas gerações, centenas delas depois de si. Nem diluída em cromossômica influência.

Entre o café e a casa, a estrada plana, salpicada de motorizadas, mas não hoje. Dia de Ano-Novo e a estrada a apetecer. Um pequeno caminho de regresso e o forno branco à espera. Ainda frio, mas os paus de videira e alguma pinha, um monte cruzado em forma de pira, daí a pouco o lume aceso em homenagem. No Dia de Ano-Novo, o cabrito temperado desde a noite velha, tantos cheiros mornos na cozinha. E da janela aos quadrados de madeira (doze, que os contara) via-se a oliveira com folhas secas, mas viva, esperando um resultado de alguns meses a partir de agora.

Até chegarem os outros, a casa era só sua. A lareira apagada, os móveis — restos indesejados das casas da cidade. Mas reais, a falarem-lhe por dentro, como o espírito ausente da sua infância. Uma família herdada, agora. Mas tão real e interior como os móveis indesejados, cheios de desejos de verdade.

Ano-Novo. Que diferenças, para além dessas formas sempre fórmulas as mesmas, o espírito do Ano, que diferenças? E todavia, ricas, como as ameixas secas, mas macias; por trazerem depois o brilho do repetido há tantos séculos. Tantos antes de tantas coisas.

Neste dia, a lareira era o conforto, agora à noite, as palavras cruzadas no jornal. Está-se quente e o frio lá fora tanto; só afastada alguns metros da lareira, e já o frio. As canções celebrando esse conforto. E os outros, neste redondo espaço de mar, formas sólidas ou voláteis, os outros — o frio a arrepiar corpos e almas, a lareira ausente. Os privilégios, lembrou-se. A vida, deve-se agradecê-la só de a haver. Mas que fazer, quando nem havida ela se mostra? Não era o bolo-rei, mas só o pão. A filha ao jantar, recusando "não quero mais arroz" e as palavras quase a saltarem, ocas: "tanta fome". Ano-Novo, Ano-Bom também se chama. Depois do White Christmas, ainda repisado no original, noite de paz, as prendas com fitas tão bonitas, "são tão magrinhos, mãe. Mãe, vem ver na televisão os meninos".

As fórmulas agora perdendo a capa, o gosto açucarado, como as rabanadas ficam alegres de manhã. Ao sol está-se bem, anda ver. E quando não há sol, o que se vê? E quando o sol nem sol, nem ver, nem nada. Natal Branco, Bruegel (o Velho), tão bonitos os quadros, a acha na lareira à sua frente. Vem ver, mãe.

Como uma capicua do avesso, ao contrário, a antiga pedra do lar. Ou seja, altar. Ou seja, com três letras, ara.

ARA OU O DESASSOSSEGO DA POESIA

Maria Irene Ramalho

No pequeno texto que produzi para uma das orelhas de *Ara*, escrevi: "*Ara* é o mais teórico dos escritos poéticos de Ana Luísa Amaral. Diz-se 'romance' — mas encontra-se pura escrita a falhar contra o vento, incapaz de se libertar dos bordados e das japoneiras da memória para encontrar a exatidão da língua-de-ninguém, só ela capaz de narrar. Em *Ara*, a poeta pergunta-se como se escreve isso que está nos antípodas da escrita: o amor, a vida, o mundo, o desassossego de ser. Muito bem escolhida a epígrafe retirada do *Livro do desassossego*, teoria da prática lírica de Pessoa: o altar que ara é traduz-se na hora branda de orar, súplica suave e aérea pelo sentido de um mundo que ninguém saberá jamais a quem pertence".

Deixai que me explique. Que *Ara* é o mais teórico dos escritos poéticos de Ana Luísa Amaral — repito sem hesitar. E o modo como uso a expressão, "escritos poéticos", é já em parte justificação da minha leitura deste livro. Entendo o trabalho poético de Ana Luísa Amaral, incluindo este livro reconhecidamente difícil de rotular, como "poesia" no sentido lato do termo, isso a que os alemães chamam "*Dichtung*". Refiro-me ao uso rigoroso, porém desinteressado, da língua, que ostensivamente não quer dizer nada, quer apenas dizer-se a si própria, mas que acaba, paradoxalmente, dizendo o mundo. Ou, mais bem dito, dizendo a verdade do mundo — verdade no sentido heideggeriano de "desocultação" (*aletheia*/*Unverborgenheit*) — num instante mostrando, deslumbradamente, tanto a quem lê como a quem escreve, o sentido e o absurdo do humano viver. José Saramago falou um dia de "aparição" e de "afloramentos".

Ocorre-me repetir aqui, com ligeira modificação, o que escrevi em outro lugar sobre a pertinente diferença estabelecida pelos modernistas portugueses entre poesia e literatura, uma distinção que nada tem a ver com a que distingue o verso da prosa (também neste livro, majoritariamente composto em prosa, os versos que inclui não são mais "poéticos" que o resto). A poesia é para Pessoa e Sá-Carneiro a arte suprema da escrita criativa, a vanguarda artística, a luz da desocultação do novo, o desassossego da existência. A literatura, por sua vez, é a re-escrita do existente a uma luz alheia, dela cativa como uma borboleta, por isso reconfortante, mesmo quando porventura problematizante. Assim se distinguem poetas de lepidópteros. A literatura, assim entendida, pode reconfortar, acomodando; ao passo que a poesia, assim entendida, só traz desassossego. Incluo no poético toda a escrita (mesmo que de "romance" se trate) que desassossegue quem a lê através do gesto poético de perguntar por aquilo-que-é e de imaginar aquilo-que-deveria-ser.

Não trago nas minhas palavras nada de novo ou estranho. Nietzsche, provavelmente em resposta ao notório desprezo de Hegel (ou da "moderna estética") pela poesia lírica, por esta alegadamente ser "subjetiva", e daí supérflua ou sem "utilidade", já tinha expressado isso mesmo no capítulo V de *O nascimento da tragédia*.

Ao romance (à epopeia) sempre foi reconhecida a capacidade de dizer o mundo no seu narrar da história (em todos os sentidos da palavra "história"), mas a língua do romance não pode por isso mesmo senão ser outra. Chamei-lhe "língua-de-ninguém" para significar a "objetividade" que isso a que Nietzsche chamou a "nova estética" (Hegel, Schiller) reclamava para a arte "com utilidade" (justamente a epopeia ou o drama). Quando digo, aliás citando o poema, que a escrita de *Ara* é um "falhar contra o vento" (pp. 18, 22), estou a evocar o assombro de todo o grande poeta perante o abismo entre a palavra e a coisa — e a ousadia de atravessar isso a que se chama "o sublime", e que aqui me permiti designar "vento." Emily Dickinson sabia bem quão "perigosa" (*dangerous*) é essa confrontação poética.

É precisamente essa confrontação que assusta a poeta em "Espadas e alguns murmúrios" (pp. 17-9) — a inspiração que a obriga a escrever o poema. Em entrevista recente, Ana Luísa Amaral tropeçou na palavra, "inspiração", mas depressa a recuperou. Pois que outro nome lhe dar? Uma das formas como leio "Espadas e alguns murmúrios" é a tremenda visitação do poético (também pode ser a visitação do amor, mas disso falo mais à frente). Cito: "As poucas vezes que te permito a entrada são vezes de fascínio e penitência. Abrir-te a porta, a alegria dorida da chegada, no mesmo instante arrepender-me do meu gesto, da minha cordialidade. O resto dessas vezes é quando chega a pergunta inevitável: o porquê de te ter permitido. Afasto-a, se consigo, mas quando não consigo, os ventos que a limitam não são zéfiros" (p. 17). Pois não, os ventos que limitam não são ventos suaves, são antes terríveis tornados que desmentem o "êxtase súbito" (p. 17) e confirmam quão difícil é escrever, nomear, dar nomes, criar nomes, não deixar o papel intacto, ter de lutar contra a ameaça da "história", que não é "como a vida" (p. 18), sempre a imiscuir-se, reconfortante. Quando afinal a descoberta da poeta é que, para além da memória (p. 42), não há conforto possível a não ser o conforto, sempre fugaz, do "amor" no penúltimo texto do livro: "Momentos há em que sei ser verdade o que alguns dos que habitam este redondo azul, de mistos movimentos, com certezas de posse e segurança, julgam ser impossível: dar-te a lua" (p. 63); ou, igualmente fugaz, no texto que encerra o volume, o conforto da "lareira", cuja pedra do lar evoca a do altar em que se entoa este hino ao amor, e que a escrita traduz em *Ara* (p. 7). *Ara* é o trabalho (ou "odisseia" de olhos, mão, caneta e papel, pp. 29-31) de dizer o próprio dizer, de escrever a própria escrita, de descobrir o amor, a vida, o mundo, o desassossego de ser.

Como estamos a ver, *Ara* teoriza explicitamente todas as questões literárias que venho levantando: o entendimento, relacionado com a distinção entre arte objetiva e arte subjetiva, do que é um romance ou do que é um poema lírico, ou do que são os gêneros literários, ou do que verdadeiramente significa escrever, ou mesmo do que é escrevível. Logo no início, em "Antes do resto", diz a poeta: "Eu não sou romancista. Se fosse romancista, dividia-me em nomes de ficção — e disso não sou capaz. A própria ideia de fazer uma história aterroriza-me" (p. 9). Mais à frente, em "Espadas e alguns murmúrios", a poeta interroga-se se a "ideia" (aquilo a que atrás chamei "inspiração") não será "inenarrável em verso" e "em narrativa limitada e pobre" (p. 17).

E, no entanto, a poeta desdobra-se em falas, vozes e personagens (é "personagem" uma simples carta, por exemplo ["A odisseia", pp. 29-31]), como se o romance estivesse ao dobrar da esquina, e quem gosta de histórias aqui as encontra, inenarradas, sobrepujadas de poderosas imagens, neste grande e belo poema. Primeiro, a história da memória (que até se pode enganar [p. 45]) de uma menina a crescer "entre dois rios e muitas noites", e entre japoneiras, bordados, comboios e túneis. Aqui, a poeta revela-se, uma vez mais, poeta-leitora-de-si, em diálogo consigo própria ("a escrita não vive sem a leitura e os dois estados estão ligados", escreveu Ana Luísa Amaral no contexto das Correntes d'Escrita da Póvoa de Varzim em 2012). Em seguida, a história de um mundo feito dos horrores da desigualdade, da discriminação e da fome, expressos do princípio ao fim de formas diversas, mais ou menos subtis, seja a propósito da educação das meninas destinadas à subalternidade das cinderelas (pp. 33) na cultura (em "Japoneiras e túneis", pp. 11-3), seja mais adiante na consciência daquela outra menina, sem dúvida protegida, mas por isso mesmo perturbada pelas crianças famintas que vê na televisão ("Ou seja, ara", pp. 71-2). Aqui, vêm à memória desta leitora inúmeros textos de intervenção pública e política de Ana Luísa Amaral, a denunciar um governo abjetamente de joelhos perante uma imposição externa neoliberal, empenhada em destruir o que a Revolução de Abril conquistara. Finalmente, a história de um amor entre duas mulheres, amor que não pode ainda dizer-se todo. São "coisas que não devem ser ditas nem sonhadas" (p. 47) senão em língua estrangeira, e não só porque nenhuma das mulheres fala a língua da outra (p. 48). Mas não será a língua do amor, como a da poesia, sempre a mesma e sempre estrangeira? A "comum" "língua estranha" de que se socorre este poema (p. 55).

Volto atrás e releio "Espadas e alguns murmúrios", não agora como a visitação do poético, mas como a visitação do amor — se é que é possível distingui-los ("duas linhas de amor, a minha escrita a falhar contra o vento", p. 42). Um amor que se quer e se não quer deixar entrar, um amor-espadas-de-ferir e asas-de-voar, um amor sem nome, para o qual foi tentador inventar "nome falso mas real de ficção" (p. 18), todavia em vão: "como um sino falso de metal quebrado eram os nomes que sucessivamente te fui dando" (p. 19). A inenarrável história de amor perpassa todo o livro, com imagens, palavras, conceitos que se vão repetindo, com ecos recorrentes dos muito mais explícitos "Vinte e um poemas de amor", de Adrienne Rich. Mas é em "Irmãs", "Coisas de rasgar" e "Em nova voz de gente" que verdadeiramente se compõe. "Irmãs" têm três andamentos: "memórias", em verso, a dizer da historicidade e irrepetibilidade do amor; "prólogo", a falar do poder de eros ("ela sabia do pequeno amor, que ele andava ali à volta delas, à volta do ar como pequenas asas, modificando gestos", p. 47); e "epílogo", o *incipit* em verso com saudades de um impossível fim feliz.

Impossível para este amor subversivo o fim feliz da convenção lírico-erótica. As duas irmãs-amantes nem falar sabem do seu amor, mesmo na língua estrangeira a que têm de recorrer, já que o sentimento que as une é tido por ser uma "vergonha" na cultura. As irmãs-amantes jamais caberiam no que aprenderam, a matéria verbal que lhes deram não servia para falarem delas próprias (p. 63). Mas sabem, sentem totalmente que é amor — como se, só aparentemente de forma paradoxal, eros não tivesse sexo — nem hetero, nem homo. E a poeta reinventa a vergonha: "vergonha é não te amar" (p. 67), "vergonha é não amar" (p. 68).

Ouvi recentemente Ana Luísa Amaral dizer, referindo-se a este seu livro que tinha nas mãos, naquele jeito de modesta arrogância tão típico de grandes poetas, "não sei o que *isto* é". A ignorância da poeta manifesta-se em resposta à pertinente perplexidade do entrevistador perante a contradição entre uma obra que "se diz romance" e as palavras inaugurais do sujeito poético (e digo "sujeito poético", e não narradora, deliberadamente): "Mas [ou seja, apesar desse 'romance' que se identifica na capa] as coisas não giram ao nosso compasso. Eu não sou romancista". Mais à frente na entrevista esclarece Ana Luísa Amaral que quem lhe disse que *isto* era um "romance" foi Maria Velho da Costa, que tem toda a autoridade para o dizer. Em meu entender, porém, chamar "romance" a *Ara* é rasurar-lhe o estranho do poético. Não pensava Walter Pater que quanto mais estranho mais poético? Terá sido por isso que Clarice Lispector chamou *esta coisa* ao seu heterodoxo e poderoso último romance, *A hora da estrela* (1977).

Por vezes, tenho a tentação de chamar a estas narrativas transgressivas "biografia", no sentido que lhe deu Roger Laporte, sancionado por Maurice Blanchot e Philipe Lacoue-Labarthe. Nunca *auto*biografia, se bem que o modo autobiográfico esteja nelas bem presente. Antes a experiência-de-vida de escrever como desocultação da "coisa" — *la chose* — como quer Laporte.

Apesar de tudo, a *Ara* prefiro eu chamar um belo *poema*.

SOBRE A AUTORA

ANA LUÍSA AMARAL nasceu em Lisboa em 1956, e vive, desde os nove anos, em Leça da Palmeira. É professora associada na Faculdade de Letras do Porto e integra a direção do Instituto de Literatura Comparada Margarida Losa. Suas áreas de investigação são Poéticas Comparadas, Estudos Feministas e Teoria *Queer*. É autora, com Ana Gabriela Macedo, do *Dicionário de crítica feminista* (Porto, Afrontamento, 2005), e colabora com revistas e antologias de poesia, nacionais e estrangeiras. Coordenou a edição anotada de *Novas cartas portuguesas* (Lisboa, Dom Quixote, 2010), e organizou, com Marinela Freitas, os livros *Novas cartas portuguesas 40 anos depois* (Lisboa, Dom Quixote, 2014) e *New Portuguese Letters to the World* (Oxford, Peter Lang, 2015). Tem em preparação dois livros de ensaios.

Sua obra tem sido editada em vários países, como Reino Unido, Estados Unidos, França, Brasil, Itália, Suécia, Holanda, Venezuela, Espanha e Colômbia, e algumas delas foram levadas à cena, em espetáculos teatrais e leituras dramáticas, como *O olhar diagonal das coisas*, *A história da Aranha Leopoldina*, *Próspero morreu* ou *Amor aos pedaços*.

Em 2007 ganhou o Prêmio Literário Casino da Póvoa/Correntes d'Escritas, com o livro *A gênese do amor*, também selecionado para o Prêmio Portugal Telecom. No mesmo ano, recebeu o prêmio de poesia Giuseppe Acerbi, na Itália. Em 2008, com *Entre dois rios e outras noites*, obteve o Grande Prêmio de Poesia da Associação Portuguesa de Escritores e, em 2012, com *Vozes*, ganhou o Prêmio de Poesia António Gedeão, sendo ainda finalista do Prêmio Portugal Telecom. Em 2014, recebeu o Prêmio PEN de Narrativa pelo seu romance *Ara*.

CADASTRO
ILUMI//URAS

Para receber informações
sobre nossos lançamentos e
promoções envie e-mail para:

cadastro@iluminuras.com.br

Este livro foi composto em *Greta* pela *Iluminuras* e terminou
de ser impresso em maio de 2016 nas oficinas da *Paym gráfica*,
em São Paulo, SP, em papel offwhite 90 gramas.